FRANZ-JOSEF KOFFERATH

Zeitlebens

- mehr oder weniger

Gedichte Gedanken Gefühle

Zu diesem Buch und seinem Autor

„Wichtiger als von Vielen gelesen, ist mir von Wenigen verstanden zu werden.“

Das Leben – es beginnt früh – meist schon vor der Geburt und wenn man Glück hat, endet es spät - und wenn man Pech hat, endet es **zu** spät.

Mein Leben begann in den Wirren des Nachkriegjahres 1946 in einem kleinen Ort namens Gillrath, einem heutigen Ortsteil der Stadt Geilenkirchen, in dem ich mit meiner Familie noch heute wohne.

Meine „berufliche Heimat“ war 45 Jahre lang die Stadt Aachen, genau gesagt die dort ansässige Finanzbehörde für die ich 40 Jahre im Außendienst tätig war. Die Begegnung aber auch die Konfrontation mit fast täglich anderen Menschen und Schicksalen haben mein Leben nachhaltig geprägt. Nach meinem krankheitsbedingten, vorzeitigen Ausscheiden aus dem Beruf habe ich mich meinem Jugendtraum – der Schreiberei – gewidmet. Mein erster Roman aus dem Jahre 2012 mit dem Titel „Weiche Steine“ war geprägt von Aktionismus – dieses Buch kommt ohne Handlung aus, aber ich denke die Aktualität und Brisanz der Thematik, eingebunden in Gedichten, lässt diese auch nicht vermissen.

Im Mittelpunkt meiner Ausführungen steht das Leben und alles rund um das Leben: Dinge und Umstände, die es ein Leben lang begleiten, Dinge als Momentaufnahmen des Lebens und Dinge, die es zeitlebens beschäftigen. Vielleicht gelingt es mir, Sie für ein Leben zu sensibilisieren, das Sie bisher wie selbstverständlich gelebt haben.

2014 Franz-Josef Kofferath, Geilenkirchen
Alle Rechte der Verbreitung vorbehalten.

Herstellung und Verlag: Books on Demand GmbH, Norderstedt
ISBN: 9783735722010

Überall erhältlich wo es Bücher gibt.

Inhaltsverzeichnis

Prolog

Zum Titel *„Zeitlebens – mehr oder weniger"*

Das Buch steht für Lebenssinn - Lebensinhalte – Lebenserfahrung – Lebensglück oder Schicksal – rundum: steht für das Leben.

Es kommt ohne jegliche Handlung aus, ohne jedoch hierdurch seinen Reiz einzubüßen. Ich möchte es als eine lebensbegleitende Lektüre verstanden wissen.

Vielleicht gelingt es mir sogar Lebenshilfen aufzuzeigen und Hoffnungen zu wecken, vielleicht Ihnen den Sinn des Lebens nahezubringen – nämlich zu leben.

Es gibt eine Vielzahl von individuellen Dingen, die das Leben eines Menschen bestimmen oder ausfüllen. Ich versuche nicht, diese Dinge irgendjemandem in Abrede zu stellen, denn sie sind möglicherweise ein Teil seines Lebens. Und wenn seine individuelle Art zu leben, diesen Menschen glücklich macht, dann lebt er sein Leben und es zu leben, heißt nicht selten es auch zu lieben.

Wer aber - aus welchen Motiven auch immer - sein Leben so gestaltet, dass er nach Wertvorstellungen anderer Menschen, vielleicht auch nach Normen, die unsere Gesellschaft erwartet oder gar vorgibt, lebt, ohne dass es ihn selber glücklich macht, lebt möglicherweise das Leben anderer Menschen, verpasst aber sein eigenes Leben. Eine Chance es nachzuholen gibt es nicht!

Dein Leben ist ein Unikat – und du bestimmst seinen Wert!

Zeit ohne Wiederkehr

Nahezu alles im Leben wiederholt sich
- nur nicht das Leben!
Nahezu alles im Leben ist ersetzbar
- nur nicht das Leben!
Nahezu alles im Leben ist nachholbar
- nur nicht das Leben!

Die Zeit

Heute war gestern noch morgen -
und morgen ist heute schon gestern!
Gestern war heute noch fern -
und heute ist morgen noch fern.

Weder gestern noch morgen -
du lebst nur im „Heut'" -
weder gestern noch morgen -
drum lebe es heut'!

Dann wirst morgen du wissen -
gestern hab' ich gelebt.
Niemand kann heute dir nehmen,
was du gestern erlebt!

Relativ früh in meinem Leben, aber noch in Unkenntnis desselben, hat sich mein Leben in diesem Sinn gestaltet - mein Leben oder das, was ich dafür gehalten habe. Mit zunehmendem Alter jedoch stellte ich fest, dass sich mein Leben geändert hat: Gewohnheiten, Prioritäten und Einstellungen haben sich geändert – geblieben aber ist immer noch meine Einstellung zum Leben – und dies bis zum heutigen Tage: Mein Leben zu leben.

Was mich so sicher macht ist die Tatsache, dass ich dieses Leben immer noch liebe!

Ich denke der Sinn eines Lebens wird von vielen Faktoren geprägt, von der Erziehung, vom sozialen wie menschlichen Umfeld, von Einflüssen, vom Intellekt, aber ganz besonders von der jeweiligen Zeit in der ein Leben stattfindet und der mit zunehmendem Alter eingehenden Erfahrung.

Ändern werden sich vielleicht im Laufe der Zeit lebensbegleitende Neben-sächlichkeiten – Banalitäten – vielleicht sogar überlebensnotwendige Um-stände, nicht aber der Sinn des Lebens, nämlich das Leben zu leben, so, dass du es liebst!

Nein – gemeint sind nicht paradiesische Lebensverhältnisse - das ist nicht das Leben, das ist irreales Wunschdenken! Nein - das Leben will von uns gelebt werden:

- Eine überstandene lebensbedrohliche Krankheit kann das Leben ver-schönern, weil sie wieder den Sinn des Lebens in den Vordergrund rückt.

- Die Trauer, die vielleicht durch den Tod eines Menschen ausgelöst wird – auch sie gehört zum Leben.

Sie ist der Schatten unseres Lebens, der uns an die Sonnenseite unseres Lebens erinnert.

Nein – das Leben ist kein Selbstbedienungsladen, nur wer sein Leben annimmt wie es ist, übt sich auf diese Weise in Bescheidenheit und die Bescheidenheit führt in die Zufriedenheit und die Zufriedenheit ist das größte menschliche Glück auf Erden – und in diesem Glück lieben wir unser Leben!

In dem folgenden Gedicht möchte ich mich – insbesondere aber meine Einstellung zum Leben, wie auch zum Tod – vorstellen, um den nachfolgenden Gedanken und Gefühlen des Autors etwas von ihrer Anonymität zu nehmen.

Meine Zeit

Als Mensch wirst du geboren,
und dann beginnt deine Zeit
und deine Zeit ist dein Leben!
Ungewiss ist die Dauer der Zeit -
nicht so das Ende des Lebens!

Nutze die Zeit bis zum Ende!
Das „Morgen" vielleicht -
aber besonders das „Heute".
Nichts davon kehrt wieder
nach deinem Ende -
weder Stunde noch Tag -
nicht einmal ein Wimpernschlag!

***Ich** nutze sie auf **meine** Weise.*
Nicht immer klug – vielleicht nicht weise.
Vielleicht zu laut - nicht immer leise.
Schiel nie zur Seite - stets nach vorn.
Schau nie zurück – nicht mal im Zorn!

Und bin ich einmal angekommen
- in dem Gefühl,
die Zeit ist sehr schön spät geworden,
jedoch
- zu früh um jetzt schon fortzugehen

- zu spät sie noch zurückzudrehen
- zu spät „Habt Dank – Lebt wohl" zu sagen
- tu ich, was ich schon immer wollte:
Ich sage Dank für dieses Leben -
für die Zeit, die mir gegeben!

Ich blick zurück und bin zufrieden -
denn nichts hat mich gereut im Leben.
Und denk - ich hab gelebt mein Leben –
ein Zweites würd ich mehr noch leben.

Verlasse ich die Bühne des Lebens –
befinde mich quasi im Zustand
des Schwebens -
Schweben als Zustand
nach dem Tod meines Lebens -
dann wartet mein Grab
nicht lange vergebens!

Auf keiner Wolke will ich wohnen -
auch nicht auf einem weiten Stern.
Will nicht am hohen Himmel thronen -
das Alles ist mir viel zu fern!

Und niemand sollt mit einer Träne
seine Zeit für mich verschwenden.
Verschwendet Zeit für eure Liebe -
mir fehlt die Zeit jetzt für Gefühle.

Macht, was ich getan im Leben -
und macht's als würd ich bei euch leben.
Lebt gern so gern, wie ich mein Leben -
ein Zweites wird es nicht mehr geben!

Ich war ein gläubiger Sünder –
aus Überzeug' und Schwäche beides.
So hab ich gelebt mein Leben –
so hab ich geliebt mein Leben!

Das Gedicht beschreibt in groben Zügen mein Leben oder das, was ich dafür oder für den Sinn meines Lebens halte. Es soll allerdings keine Anleitung für andere Menschen sein. Nein – die Menschheit ist ein Kollektiv, jeder einzelne aber ein Individuum. Ein Kollektiv kann man beeinflussen, indem man die Individualität des Einzelnen untergräbt – das Individuum aber muss sich selbst definieren, um sein „Ego" - sein unverwechselbares

Identitätsmerkmal – ausleben zu können. Jedoch wäre es „sträflich", die Erfahrung nicht einzubeziehen.

Deine Zeit

Deine Zeit ist dein Leben -
nicht gelebtes Leben ist Verschwendung
der Zeit deines Lebens.

Dein Leben ist zeitlich begrenzt,
die Zeit aber, überschreitet diese Grenzen.

*Es hat eine Zeit **vor** deinem Leben gegeben*
*und es wird eine Zeit **nach** deinem Leben geben,*
*aber dann ist es nicht mehr **deine** Zeit,*
*denn **deine** Zeit war die Zeit **deines** Lebens.*

Nimm dir also Zeit -
auch wenn du glaubst, sie nicht zu haben.

Nimm dir Zeit für die schönen Dinge des Lebens
- dann bleibt weniger Zeit für die Unschönen.

Nimm dir die Zeit für das Lachen und die Fröhlichkeit - dann bleibt
weniger Zeit für das Weinen und die Trauer.

Nimm dir die Zeit für die Liebe -
dann bleibt dem Hass weniger Zeit!

Nimm dir die Zeit für den Frieden -
dann bleibt weniger Zeit dem Streit!

Nimm dir die Zeit für die Verzeihung -
dann bleibt weniger Zeit der Rachsucht.

Nimm dir die Zeit, dein Leben zu leben -
dann bleibt deinem Leben weniger Zeit
tot zu sein!

Vielleicht bleibt dir noch Zeit
für ein Leben nach deinem Leben.
*Doch sicher ist nur die **Hoffnung***
auf ein Leben nach dem Leben!

Glückliche Zeit

Vor deiner Zeit war eine Zeit und **nach** deiner Zeit wird es eine Zeit geben. Und zwischen „*vor*" und „**nach**" ticken die Sekunden deiner Zeit.
Doch „gelebte" Sekunden bescheren dir glückliche Minuten und „gelebte" Minuten bescheren dir glückliche Stunden und glückliche Stunden bescheren dir glückliche Tage und „gelebte" Tage bescheren dir glückliche Jahre und „gelebte" Jahre bescheren dir ein glückliches Leben und ein glückliches Leben beschert dir ein langes Leben -
wie viele oder wie wenige Jahre das Leben auch dauert!
Ein glückliches Leben beginnt also mit den Sekunden, in denen du dein Leben spürst – sie machen dein Leben aus!

Was dich das Leben spüren lässt, muss du für dich selber herausfinden.
Wann du es spürst ist der Zeitpunkt, wenn Wünsche und Träume sich erfüllen.

Wege

Der Weg

*Beschreitest du einen Weg –
definiere erst dein Ziel.
Nichts ist dann unwichtiger
als Aussagen von Menschen
die deinen Weg kritisieren
und nichts wichtiger,
als der Weg zu deinem Ziel.*

Geradewegs

*Es ist schwieriger,
einen ungeraden Weg
geradlinig zu gehen
als einen geraden Weg
ungeradlinig zu gehen.*

Aufstehen

*Noch vor dem Laufen
lernt der Mensch das Hinfallen -
aber ein Leben lang
muss er das Aufstehen lernen!*

Lebensinhalte

Ich denke, ich bin nur einer von vielen, der sich schon oft die Frage nach dem Ursprung seines Lebens gestellt hat. Ich meine damit nicht, unter welchen Umständen **mein** Leben entstanden ist – als Kind der Liebe oder der Lust – als Wunschkind oder als ungewolltes Zufallsprodukt infolge einer versäumten Interruption – nein ich meine die Frage nach der Entstehung der Menschheit.

Wurde der Mensch nach dem Ebenbild Gottes geschaffen oder hatte Darwin Recht, der eine „menschliche Verwandtschaft mit dem Affen" glaubte nachweisen zu können und den Menschen nicht als eigenständiges Wesen, sondern für ein Evolutionsprodukt hielt.

Wie auch immer – schau ich mir das Verhalten mancher meiner Mitmenschen an, sind beide Thesen eine Beleidigung entweder für Gott oder für den Affen!

Ich denke mein Leben mag global betrachtet im Dienste der Menschheit oder der Evolution stehen - aber dies betrachte ich nicht als den Sinn **meines** Lebens.

Gott hat nicht den Menschen erschaffen oder einen Affen zum Menschen mutieren lassen um Gesellschaft im Himmel zu haben. Nein - Gott schenkt Menschen ein Leben, damit sie es leben – diese selbstlose Großzügigkeit entspricht dem Wesen der Göttlichkeit.

Es gibt kein Leben ohne Sinn – es gibt nur Menschen, die den Sinn des Lebens nicht verstehen!

Der Sinn des Lebens

*Es besteht nicht der Sinn eines Lebens darin
alt zu werden,
vielmehr das Leben zu leben
bevor es alt ist - das Leben!*

*Drum bedenke stets Ende und Ursprung,
denn alles wird sein einst Erinnerung!*

*Und Erinnerung wird bleiben von deinem Sein.
Und du wirst einst die Erinnerung sein.*

*Nicht das Alter erstreben ist der Sinn eines Lebens -
sondern das Leben zu leben bevor es alt ist - das Leben!*

Im Alter ist das Leben oft nicht mehr gesund -
und Kranksein im Alter ist zum Leben kein Grund.
Ein kürzeres Leben – dafür dann gesund –
als ein höheres Alter – aber dann nicht gesund!

Jung sein und krank - wer möchte so leben?
Alt und gesund – wer möcht' nicht so leben?
Doch wer hat schon das Glück - so ein Leben zu leben?
Nach dem Alter zu streben – ist für viele das Leben!

Den „Jungen" kommt dieser Wunsch meistens entgegen -
doch das Alter allein ist kein wirklicher Segen!
Nach dem Alter streben -
halten sie für den Sinn ihres Lebens,
*aber ist **Leben** nicht der Sinn eines Lebens?*

Der Sinn eines Lebens - doch welcher ist richtig?
Ob jung oder alt – es ist nicht so wichtig!
Dein Leben zu lieben – nur das ist, was wichtig –
denn liebst du das Leben - dann lebst du es richtig!

Das Leben lieben

Zufriedenheit üben –
das Leben nur lieben –
so wie es ist - dieses Leben.

Leben - wie es ist dieses Leben
und sich ihm nur ergeben!
Nicht sein wie es könnte –
das Leben oder wie du es wünschst dir -
das Leben.

Lieben wie es ist
dieses Leben,
das allein und nicht mehr -
ist das Glück eines Lebens.

Leben heißt auch die Zufriedenheit des Augenblicks erleben,
denn in jedem Augenblick der Zufriedenheit fühlst du ein glückliches Leben!

Glücksmomente

Ein Leben lang ist der Sinn eines Lebens
die Zufriedenheit des Augenblicks zu erleben!
Zufriedene Momente sehr oft zu erleben -
das war und es ist das Glück eines Lebens!

Für Momente im Leben weder sinnen noch quälen -
weder hassen noch lieben - einmal alles ablegen!
Die Seele soll ruhen - sich nicht mehr aufregen -
nichts aber gar nichts - soll diese Ruhe jetzt stören!

Für Momente nur lächeln - aber nur mit der Seele!
Für Momente nur wähnen - dass gut es dir gehe!
Dieser Glaube er irrt nicht – es gibt sie im Leben
- die Momente des Glücks – das Glück eines Lebens!

Das Leben – aber wie soll man es leben und wie kann man es leben, so dass es lebenswert ist?
Nein – es gibt kein Patentrezept, aber vielleicht ein paar Anregungen, die mich die Erfahrung des Lebens gelehrt hat:

Selbstvertrauen

Wenn Selbstvertrauen zur Selbstüberschätzung wird - zerstört Selbstüberschätzung das Selbstvertrauen!

Stolz

Stolz ist ein verdienter Lohn -
von dem der Hochmut glaubt
ihn verdient zu haben!

Arroganz

Die Arroganz liebt die Konkurrenz,
denn sie macht Unterschiede fühlbar
und sich selbst so unverzichtbar,
wie nur sie glaubt, es verdient zu haben!

Pein oder Segen

Sehen wie ein Blinder -
hören wie ein Tauber -
reden wie ein Stummer -
alle zusamm'n oder jedes allein -
ist für Menschen
schon eine wirkliche Pein.
Doch alle zusamm'n
oder jedes allein -
kann oft genug ein Segen sein.

Ehre

Ehre gebührt nur dem,
der nicht der Ehre wegen
Ehrenvolles vollbringt!

Herzblut

Von dem was du tust
wird nur gut,
wenn du mit Herzblut tust,
was du tust!
Nichts wird gut von dem
was du tust,
wenn du nur tust,
was du musst -
denn dann fehlt Herzblut
bei dem, was du tust!

Hierarchie

So spricht der Hochmut dann zum Fall:
„Nimm dich zurück, und stell dich an!
Vergiss nicht – ich bin vor dir dran!"

Zufriedenheit

Zufriedenheit leben
heißt Bescheidenheit üben!

Feierabend

Eine Zeitlang seines Lebens
arbeitet der Mensch, um zu leben!
Eine Zeitlang seines Lebens
sollte er nicht mehr arbeiten,
um zu leben!

Werte

Es gibt Begriffe und Worte, mit denen verbindet der Mensch gedanklich Positives oder Negatives, weil sie vordergründig für diese Werte stehen.

Der Tod zum Beispiel -
steht für Angst im Leben eines Menschen und somit für etwas Negatives.

Das Glück zum Beispiel -
steht für Hochgefühl im Leben eines Menschen und somit für etwas Positives.

So stellt sich die Werteverteilung unseres Bewusstseins dar und das Bewusstsein ist das Ergebnis unserer Umwelt und unserer Erziehung.
Da diese Werte jedoch hundertprozentig umkehrbar sind, können wir uns auf unser anerzogenes Bewusstsein alleine nicht ausschließlich verlassen, sondern müssen es bei jeder Beurteilung neu in Frage stellen, soll es nicht zu einem Vorurteil werden.

Der Tod – ein Wert mit negativer Aussage - kann auch eine große Hilfe sein für Menschen, die nicht mehr lebensfähig sind und deshalb nicht mehr leben möchten.
Und dann verbreitet der Tod keine Angst, sondern verspricht Erlösung!

Die Liebe – ein Wert mit positiver Aussage - kann personenbezogen wechseln und zum Hass mutieren, wenn sie einer Mutter ihren Mann oder unmündigen Kindern die Mutter nimmt.
Und dann verbreitet sie kein Glück, sondern Unglück!

Nein – gut ist nicht nur gut und schlecht nicht nur schlecht – dies sind oft ungeprüft übernommene Pauschalurteile - und somit Vorur-

teile!
Vorurteile aber können verhängnisvoller als Fehlurteile sein.

Mit der Toleranz haben oft schon Menschen deshalb ein Problem, weil sie ihnen Verständnis für Mitmenschen abverlangt – unabhängig von der Rasse dieser Menschen, ihrer Religion und Weltanschauung, unabhängig von ihrem Status, Intellekt, Umfeld und ihren Genen. Auch eigene Vorurteile und Emotionen, Verständnis für die Existenz und Sitten von Menschen fernab der eigenen Vorstellungskraft – lässt sie an eigene Grenzen stoßen.

Toleranz geht meist nur von einem Einzelnen aus breitet sich dann auf eine Gemeinschaft aus und so sollte es auch in der Umkehr sein: Toleranz – Verständnis, einem Einzelnen gegenüber führt oft zur Verständnis für eine Gemeinschaft!

Toleranz

*Toleranz ist das Verständnis für **das** Andere oder für **den** Anderen!*
Toleranz ist die wertfreie Akzeptanz von Fakten!
Toleranz ist das erfolgreiche Streben nach Verständnis! Wer die Gründe für das Tun des Anderen versteht, wird sein Handeln - unabhängig von Recht und Unrecht – leichter tolerieren können.
*Aber fast noch schwieriger als Toleranz zu **leben**, ist Toleranz zu **tolerieren** – das Verständnis anderer für andere zu akzeptieren.*

Toleranz ist die Basis friedlicher Co-Existenz von der kleinsten Gemeinschaft – der Ehe oder einer eheähnlichen Gemeinschaft – bis zur größten – der Völkergemeinschaft.

Toleranz ist ein internes „Friedensabkommen" zwischen Menschen und ein unverzichtbares „Friedensabkommen" zwischen Völkern, das dennoch immer wieder – meist aus Machtgier – verletzt wird.

Toleranz ist ein Leben lang fast eine tägliche Herausforderung, der man sich ebenso so oft wie immer wieder neu stellen muss.

Im „Englischen" heißt es "Learning by doing" – im „Deutschen" sinngemäß „Übung macht den Meister"!
Bei dem Begriff „Toleranz" allerdings stimmt dies nur bedingt, denn jede neue Herausforderung in Sachen Toleranz ist eine neue Lehrstunde.

„Ernstgemeintes" und „Nichternstgemeintes" von einander zu unterscheiden, gelingt uns meist nur, wenn wir den Menschen kennen, der das Eine oder das Andere meint. Es gibt den Zyniker – den Sarkasten und den Ironiker. Letzterer sagt das Gegenteil von dem was er meint und zwar so, dass man trotzdem versteht was er meint. (Wikipedia).

Ironie

Ironie ist die Eigenschaft, die darunter leidet
nicht ernst genommen zu werden.
Aber ihre Sorge ist unbegründet,
denn nur, wer ihren Ernst versteht,
kann über ihren Spaß schmunzeln!

Humor ist prophylaktisches Training für die Gesundheit der Seele. Nur wer in der Lage ist seinen Humor zu bewahren, kann ziemlich sicher sein, dass seine Seele vieles leichter verkraftet.

Doch was ist wichtiger, Humor „produzieren" oder Humor verstehen – und was ist schwieriger? Beides setzt einen gewissen Intelligenzquotienten voraus, aber das Produzieren von Humor, wenn man „Humor ernsthaft" betreibt, ist eine äußerst ernste Aufgabe!

Humor

Nur wer den Humor ernst nimmt
und dem Ernst mit dem nötigen Humor begegnet,
ist in der Lage, Humor als überlebensnotwendig zu begreifen, um
den Ernst des Lebens ertragen zu können!

„Normal sein" – eigentlich doch die normalste Sache der Welt - oder? Wer ist schon nicht normal? Vielleicht die paar Wenigen, die anders sind als ich? Dass die nicht normal sind, ist doch normal - oder nicht? So oder so ähnlich versteht sich auch die Ironie!

Geniale Normalität

Seltenheit umgibt der Mythos der Besonderheit -
Besonderheit der Mythos der Außergewöhnlichkeit – Außerge-
wöhnlichkeit der Mythos der Genialität.
Genialität aber umgibt der Mythos der Einsamkeit - Einsamkeit
aber ist die Normalität der Genialität – für die Normalität ist Tole-
ranz etwas Außergewöhnliches - somit ist die Normalität etwas
Geniales!

Nahezu alles im Leben kann man lernen – mit Ausnahme der eigenen Erfahrung! Erfahrung erfährt man nur durch Erfahren.

Erfahrung

Erfahrung ist die Lehrzeit des Lebens -
und ihr bester Lehrherr ist das Leben.

Diese Lehrzeit ist von Lebensdauer,
denn Erfahrung mach das Leben schlauer.

Erfahrung aber kann man nicht lernen -
man muss sie leben, statt sie zu erlernen.

Sie kennt nicht immer nur gute Zeiten –
Erfahrung lernt grad' auch von schlechteren Zeiten.

Schlechte Erfahrung lehrt das Meistern des Lebens –
gute Erfahrung aber seine Schönheit zu leben.

Viele Menschen möchten ihrem Leben einen „besonderen Sinn geben". Sie
wollen etwas tun, was sie möglicherweise „unsterblich" macht. Aber ich
denke, auch ein noch so großer Ruhm stirbt für den „Ruhmreichen" mit
seinem Tod und der Ruhm bleibt allenfalls der Nachwelt erhalten. Und was
bleibt dem Verstorbenen?

Das „andere" Leben

Der Sinn eines Lebens besteht darin,
das Leben zu leben
und aus einem Toleranzverständnis,
dass jeder anders lebt -
sein Leben!

„Anders" leben heißt deshalb
auch nicht „falsch" leben.
Falsch lebt nur der das Leben,
den es nicht glücklich macht –
sein Leben.

Aber glücklich macht
auch den nicht das Leben,
den es nicht mag -
dieses Leben.

Dem es vergaß
etwas Freude zu geben.
Und den es lehrte,
nur mit Kummer zu leben.

Weder falsch noch schön
ist dann dieses Leben.
Sich dem Leben zu stellen –
ist der Sinn eines Lebens!

Das Leben, leben -
heißt jeden Tag es
zu leben.
Denn jeder Tag
ist unwiederbringlich
im Leben!

Leben ist aber nicht nur das Bewusstsein um die Einmaligkeit des Augenblicks, sondern auch die Nutzung dieses Augenblicks eben aus diesem Grund.

Jeder nicht genutzte Augenblick ist nicht gelebtes Leben, bei dessen Ende die meisten Menschen deshalb selbstunkritisch einer viel zu kurzen Lebensdauer nachtrauern, weil sie Augenblicke leichtfertig nicht genutzt und somit Leben nicht gelebt haben.

Carpe diem

Dein Leben ist ein Augenblick –
ein Augenblick der jetzt nur lebt.
Sowohl das Leid als auch das Glück -
leben jetzt in diesem Augenblick!

Dein Leben ist die Zahl der Momente -
die Leid und das Glück
voneinander stets trennte.
Doch beides ist Leben -
und so werden Getrennte -
Teile des Ganzen –
für die Zeit von Momenten!

Das Leben ist jetzt,
wenn man trinkt oder isst.
Wenn man weint oder lacht –
wie immer es ist.
Wenn die Sonne dir scheint,
oder der Himmel ist trist.
Wenn man weint oder grübelt
oder Sorgen vergisst!

Doch Trinken und Essen –
das war auch schon gestern.
Hat man geweint oder gelacht –
man hat's schon vergessen!
Schien gestern die Sonn –
hab unter'm Schirm ich gesessen?
Hab gedacht und gegrübelt –
war von Sorgen besessen?

Aber ist es noch wichtig,
was gestern denn war?
Jetzt ist dein Leben -
und jetzt ist es nah!
Und morgen dann fragst du,
was gestern geschah.
War gestern dein Leben –
war alles auch wahr?

Aber was ist schon gestern,
heut' oder morgen?
Es zählt nur das „Jetzt" –
man kann es nicht borgen.

Man muss es so leben
im Glück und mit Sorgen.
Du lebst nur im „Jetzt" –
weder gestern noch morgen!

Du weinst Tränen im Jetzt –
erlebst Frohsinn auf Dauer.
So erlebst du dein Leben
für die Zeit dieser Dauer.
Ist die Dauer vorbei -
endet sie nicht in Trauer -
doch es endet dein Leben
und die Zeit deiner Dauer!

Leben ist jetzt –
vielleicht eine Berührung.
Und wenn es ganz gut kommt,
vielleicht eine Verführung?
Berührung – Verführung –
vielleicht nur eine Fügung,
aber dann ganz gewiss
eine Fügung mit Rührung!

Jetzt ist das Leben,
und nur jetzt ist es wichtig.
Gestern und morgen –
sie sind jetzt nur noch nichtig!
Gestern war gestern –
und was ist morgen noch richtig?
Dein Leben im „Jetzt" –
allein das ist wichtig!

Den Unterschied zwischen der Wissenschaft und dem Leben macht die Logik aus!

Das 1x1 des Lebens

Wer sein Leben stets nach den Merkmalen der Vernunft lebt,
wird möglicherweise neunzig,
statt nur achtzig Jahre alt,
weil er zwar neunzig Jahre lang selten gelebt hat,
aber immerhin neunzig Jahre alt geworden ist!

Eine Logik, die aber den Sinn von Vernunft und Lebensweisheit in Frage stellt!
Denn neunzig Jahre alt werden
ist kein Ersatz für achtzig Jahre Leben.

Die Zeit birgt den Nachteil fortzuschreiten – wie das Leben. Das Leben nennt es „Älterwerden" und es empfindet das Älterwerden als die Zeit zwischen „Gestern" und „Heute", lebt gestern wie heute und lebt morgen wie gestern, denn dann glaubt es, die Zeit sei stehengeblieben – wie auch das Älterwerden!

Das Alter

Alter ist die Summe der Lebensjahre –
Leben aber, die Summe der Glücksmomente.

Älter *werden -*
ist nicht nur die Zunahme an Lebensjahren,
sondern auch die Zunahme an Erfahrung und Glücksmomenten,
die das Leben ausmachen.

*Alt **werden** -*
ist nicht nur die Zunahme an Lebensjahren,
sondern auch die Abnahme von Fähigkeiten und Glücksmomenten,
die das Leben ausmachen.

*Alt **sein** -*
ist die Weisheit auf die Zunahme von Fähigkeiten,
die das Leben ausmachen,
zu verzichten, sondern sich nur der Glücksmomente,
die das Leben ausgemacht haben, zu erinnern,
denn diese Erinnerungen sind
die Glücksmomente des Alters!

Glaube und Sünde – das Eine schließt das Andere aus, könnte man glauben. Nein – es gibt keinen Menschen ohne Sünde, aber für diesen Menschen gibt es den Trost, dass sein Glaube ihm die Möglichkeit gibt, seine Sünde zu sühnen. Eine wunderbare Sache, wenn man dem Glauben glaubt. Leider aber wird sie von „Sündern" häufig „missbraucht", denn weil sie wissen, dass ihnen jede Sünde verziehen werden kann und vielleicht auch wird, nehmen sie das „Sündigen" nicht ganz ernst – vergessen allerdings, dass für das „Vergeben der Sünden" die Reue eine unverzichtbare Voraussetzung ist.
Reue aber setzt den Vorsatz voraus kein „Wiederholungstäter" im Sinne des Glaubens zu werden.
Ich - für meinen Teil jedenfalls - konnte guten Gewissens dieses Versprechen nie abgeben und habe eben aus diesem Grunde mit „dem Herrn" versucht einen Kompromiss zu schließen:

Der Deal

„Herr -
ich bin ein gläubiger Sünder –
aus Überzeugung beides".

Dieser Deal heißt „leben " –
eigentlich gar zweimal leben:
Ein Leben vor dem Tod
und eines nach dem Leben.

„So geht das nicht"
schimpft da der Herr -
„du musst Dich schon entscheiden"
- ihn ärgert dieser Deal! -
„Man kann kein Leben zweimal leben -
zweimal Leben ist ein Leben zuviel."

Wie man auch lebt – eines ist immer erstrebenswert im Leben - das Glück!

Nun bedarf es aber keinesfalls des Glücks, um im Glück anzukommen -
nein - das Glück kann man erlernen wie das Sprechen und das Laufen.
Voraussetzung hierfür sind nur der Vorsatz und bestimmte Verhaltensre-
geln – wie stets, wenn man etwas lernen will!
Der Säugling, der zur Welt kommt kann außer Atmen und Schreien fast gar
nichts. Das Atmen hilft ihm zu überleben und das Schreien um zu sagen:
He, ich bin da – kümmert euch gefällig um mich!
Das Glück trägt dazu bei, das Leben lebenswert zu machen, denn was ist
die Atmung oder das Schreien um ein Leben, das man später nicht als
lebenswert empfindet?

Das Glück

Glücklich sein und Glück haben –
beides ist nicht das Glück.
Das Eine ist Zufall – das Andere Gefühl.
Nicht mal gemeinsam
sind sie ein Teil nur vom Glück!
Wer dennoch es glaubt,
den trägt sein Gefühl!

Das Glück, es ist zeitlos!
Und es ist auch erlernbar.
Das Glück, es zu finden –
dazu braucht man kein Glück!
Es ist deshalb so kostbar,
*weil für **jeden** erlernbar.*
Wer es lernt, erlebt Glück –
und nicht von ihm nur ein Stück!

Die Wurzel des Glücks
ist ihre Bescheidenheit.
Tiefe Bescheidenheit –
sie kennt keinen Neid!
Die Bescheidenheit ist
die Wurzel der Zufriedenheit.
Und innere Zufriedenheit –
sie kennt keinen Neid!

Zufriedenheit vergleicht nicht -
das macht nur der Neid,
deshalb wird er so neidisch.
Der Neid ist in Vielem
so ähnlich den Reichen.
Wie viel er auch hat,
er glaubt immer, es reicht nicht!

Der Reichtum der Welt
macht niemanden glücklich!
Dieses Glück ist nicht wirklich -
es macht nur benommen.
Vielleicht macht es Menschen
für Momente gar selig.
Doch nur der Zufriedene
ist im Glück angekommen!

Träume sind nicht gelebtes Leben - Tagträume sind nicht geträumte Wünsche! Alles was sich nicht erfüllt, bleibt ein Wunsch oder ein Traum. Die Erfüllung aber nimmt dem Menschen beides – und was wünscht der Mensch sich dann? Dass seine Träume Wünsche bleiben - oder dass seine Wünsche Träume bleiben?

Tagträume

Meist ist es die Nacht,
die für uns oft träumt.

Sie erzählt uns bei Nacht,
was am Tag wir versäumt'.
Einen Tag so zu leben –
schön wie gestern und heut -
wie oft hat die Nacht
schon unser Leben geträumt.

Sag Nachttraum erzähl mir -
geht's denn noch schlimmer?
Als Albtraum dich träumen –
nein schlimmer geht's nimmer!
Ich muss dich zwar träumen –
erleben doch nimmer.

Nachtträume sind
für uns Menschen nicht lenkbar.
Sie geschehen im Schlaf –
sind deshalb nicht denkbar!
Man hat sie geträumt –
waren doch nicht erkennbar!
Und weil nicht erkennbar –
waren sie nicht erklärbar!

Tagträume sind
oft deshalb bequemer,
weil sie sind nicht ein Zufall –
diese Träume sind schöner.
Sie machen das Leben
sehr oft angenehmer.
Machen heimliche Wünsche
auch manchmal annehmbar!

Tagträume sind
der Unreichen Reichtum.
Die Reichen können nichts
den Unreichen gleichtun!
Die Reichen sie träumen
am Tag nur vom Reichtum.
Und verspielen dabei
der Unreichen Reichtum!

So sind Tagträume oft
der Armut der Reichen.
Am Tage nicht träumen -
nur alles erreichen!
Dem Nachttraum ausweichen,

können selbst nicht die Reichen!
Der Tagträume Glück
können sie nicht erreichen!

Doch wer ist nun reich
und wer ist denn arm?
Wer nie reich genug ist
ist dennoch sehr arm!
Immer nur reich ist –
wer weiß - er ist arm!
Die Art dieser Armut –
macht reich und nicht arm!

Die Zeit des Erwachens aus einem Traum kann sowohl eine „Erlösung" als auch eine Enttäuschung sein, aber stets ist sie die Rückkehr in die Realität des Lebens – ob man diese nun mag oder nicht! Und wer kennt nicht die Situation im Schlaf - man will weglaufen aber tritt auf der Stelle! Und wacht man auf, ist man durchschwitzt, obwohl man gar nicht gelaufen ist.

Erwachen

Der Traum einer Nacht
ist oftmals sehr düster.
Ist selten nur hell,
sondern meistens noch trister!
Und je trister der Traum -
umso mehr schwitzt der Träumer.
Und was er schwitzend geträumt –
am Morgen vergisst er!

Der Morgen beginnt,
und nichts ist mehr düster.
Nicht alles ist hell,
aber weniger trister.
Und je weniger trist
umso weniger schwitzt er.
Die Nacht ist vorbei –
und den Traum,
den vergisst er!

Ich bin der festen Überzeugung, dass jeder Mensch irgendwann auf die Hilfe eines anderen Menschen angewiesen ist – und wenn er Glück hat, ist es ein Freund, der ihm dann hilft. Denn ein Freund ist eine Hilfe, ein Zuhörer, ein Tröster und ein „Versteher" – **er** gibt ihm den Mut, den der **hilflose Mensch** vielleicht verloren hat. **Er** zeigt ihm Wege auf, die **ihm** seine Verzweiflung möglicherweise verschlossen haben. **Einem Freund kannst du anvertrauen, was du niemandem anvertrauen möchtest!**

Freunde

Freundschaft kann keinen Freund ersetzen –
und ein Freund wird keine Freundschaft verletzen!

Ein Freund ist die Garantie,

- *niemals alleine zu sein*
- *für Zurückhaltung, wenn er nicht gebraucht wird*
- *für Hilfe, wenn er gebraucht wird*
- *für Trost, wenn Trösten erwünscht ist*
- *für's Zuhören, wenn jemand reden möchte*
- *für das Schweigen, was er gehört hat*
- *für das Teilen von Sorgen und für das Suchen nach Lösungen*
- *für das Verzeihen, wenn Unrecht geschieht*
- *nur Dank ist nicht erwünscht!*

Denn der Dank für die Freundschaft, ist die Freundschaft der Freundschaft –

- *die Garantie, niemals allein zu sein,*
- *sich zurückzuhalten ...Hilfe zu leisten,*
- *keinen Dank einzufordern*
- *und...und...und...*

für eine wahre Freundschaft –
nichts als Selbstverständlichkeiten!

Gefühle

Ich weiß eigentlich nicht, was schöner ist – die Liebe oder die Verliebtheit. Oder ist dies etwa eine Frage des Alters von Generationen? Nein – sicher nicht, denn beide sind in jedem Alter möglich. Aber sie führen gerade bei den Menschen zu Irritationen, die selber nicht mehr lieben oder – noch schlimmer – nicht mehr geliebt werden, und sie deshalb anderen ihre Gefühle neiden. Diese Menschen sind bemitleidenswert, denn sie wissen, was sie versäumen, aber sie sind nicht imstande es zu ändern! Ich denke die Verliebtheit ist eine ausgelassene Emotion von zeitlich absehbarer Dauer, aber immer wieder neu erlebbar und in ihrer Intensität kaum nachlassend. Zweifelsfrei ist sie in der Lage Menschen jeglichen Alters immer wieder emotional in eine Art „ewige Jugend" zu versetzen. Aber sie ist keine „andere Art von Liebe" – sie ist nicht mal eine Alternative.

Was die Verliebtheit beschreit – flüstert die Liebe.

Und nur wer der Liebe zuhören kann, versteht ihre Aussage:
Zärtlichkeit ist die Achtung vor „Leib und Seele" eines anderen Menschen, und die Angst eines von beiden oder beides zu verletzen –

Zärtlichkeit ist das andere Wort für Liebe.

Menschen beantworten die Frage nach der Basis einer glücklichen Beziehung zwischen Mann und Frau gerne mit Begriffen wie Liebe, Vertrauen, Treue, Rücksicht, Ehrlichkeit, Toleranz usw. Ich denke, ein jeder dieser Begriffe kann richtig sein, aber erst die Verbindung mit- und untereinander bildet die Voraussetzung für eine glückliche, und damit dauerhafte Beziehung. Und diese Beziehung hat einen Namen: Zärtlichkeit. Ich meine damit nicht nur die körperliche Zärtlichkeit – auch – aber auch eine Zärtlichkeit, die von der eigenen Seele ausgeht und die Seele „des oder der Geliebten" streichelt.

Zärtlichkeit

Wenn laute Lippen leise schweigen,
und zwei sich einen Atem teilen,
um diese Stille nicht zu stören -
sie deshalb ihre Herzen rügen,
weil Pochen diese Ruhe weckt,

wenn Augenpaare Blicke suchen,
und Blicke innig lang verweilen,
weil sie jetzt sehn, was sie nie fanden -

und wenn auf seinem Mund ihr Finger
ihn keinen Kuss vermissen lässt,
weil dieser zärtlicher als Küsse -
seine Sehnsucht träumen lässt,

wenn er dann seine Augen schließt,
um sie so besser zu erkennen -

wenn seine Hand die Ihre sucht -
nicht mal um sie festzuhalten -
nur um ihre Haut zu spüren,

wenn eine Schauer heißkalt prickelnd -
über Haut und Herzen läuft,

spüren zwei in dieser Zeit
- für eine kurze Ewigkeit -
die Stille einer Zärtlichkeit!

Die „etwas andere" Zärtlichkeit

Sexualität braucht Zärtlichkeit –
aber keine Sexualität
braucht die Zärtlichkeit!

Sehnsucht – welcher Mann könnte diesen Begriff meinen ohne eine Frau damit in Verbindung zu bringen. Vielleicht ist „Heimweh" wirklich doch die schlimmere Sehnsucht, aber die meisten Männer sind nun mal den Frauen näher als der Heimat fern!

Glücksmomente für die Frau

Es gibt Momente im Leben einer Frau -
da ist es wunderschön eine Frau zu sein.
Leider gibt es für eine Frau für diese Momente
zu wenige Männer!   *(Zitat einer Frau)*

Das Geheimnis der Frauen

Reizvolle Frauen sind wie weiche Steine:
Hart wie ein Stein, wenn sie „nein" sagen, aber weich, weil sie „ja"
meinen, wenn sie „nein" sagen.
Interessant aber ist die Zeit, zwischen „ja" und „nein" – jene Zeit also, in der „Mann" nicht weiß, ob er sich nicht doch vielleicht geirrt hat! Ob „Frau" nicht wirklich auch „nein" meint, wenn sie „nein" sagt – oder vielleicht doch ein wenig zu „ja" tendiert - auch wenn sie „nein" sagt!

*Reizvoll an einer Frau für einen Mann ist das, was er nicht von ihr „kennt" oder weiß! Und so lange **der Mann** versucht, dieses Geheimnis zu lüften, wird **sie** interessant für ihn bleiben - nicht als Geheimnis – aber als Frau!*
Die „kluge" Frau umgibt sich mit einem Geheimnis, von dem nur sie weiß, es nicht zu haben!

Sehnsucht

Zuerst ist es Sehnen –
schon bald wird es Sucht.
Erfüllt sich die Sucht –
ist erfüllt auch das Sehnen!
Aber was ist es dann,
was die Sucht dann noch sucht?
Wünscht sie sich Erfüllung -
oder lieber das Sehnen?

Die Erfüllung beendet
diese quälende Sucht.
Doch sie ist auch das Ende –
das Ende vom Sehnen!
Mit dem Sehnen hast du
die Sucht auch gebucht.
In der Sucht dieses Sehnens
spürst du das Feuer des Lebens!

Die Sehnsucht ist schön –
fast genauso wie grausam.
Sie ist beides gemeinsam –
wer soll das verstehen?
Möcht lachen und weinen –

am besten gemeinsam.
Will Gefühle verstecken –
doch die Welt soll sie sehen!

Süß so wie Honig
und bitter wie Mandeln.
Zärtlich wie Federn
und schmerzhaft wie Nesseln.
Sehnsucht sie ist –
ein stetiger Wandel!
Sehnsucht sie ist -
eine liebende Fessel!

Das Ende des Sehnens
ist oft das Ende des Lebens.
Denn was ist ein Leben
ohne Sehnen und Wünsche?
Soll man Träume vergessen –
nur streben nach Leben?
Träume und Sehnsucht –
sie *sind wahre Wünsche!*

Ist die Sehnsucht erst tot,
dann ist sie erfüllt.
Sie muss nicht mehr sehnen –
vorbei ist die Sucht!
Das Leben scheint glücklich -
aber es ist nicht erfüllt!
Es wollt doch Erfüllung
von Sehnen und Sucht!

Ein Traum scheint erreicht –
der Traum eines Lebens.
Aber eben ein Traum -
und er endet am Morgen.
Die Erfüllung wird bald schon
ein Teil eines Lebens.
Geht unter im Leben –
im Leben voll Sorgen.

Anders die Sehnsucht –
wird sie nicht erfüllt,
geht sie mit dir schlafen
und steht mit dir auf.
Du hast nicht geschlafen,
weil sie nicht erfüllt –

und Tag und für Nacht –
wiederholt sich der Lauf!

Liebesdurst

Sexualität als Ausfluss von Liebe anzunehmen – ist wie Alkohol-
sucht mit Durstgefühl begründen.

Dann sag „ja"!

Liebst Du ihn -
weil er ist, wie er ist -
und du,
weil sie ist, wie sie ist -
und wünschst Dir,
wie er ist, dass er bleibt,
so wie er ist,
um bei ihr zu bleiben -
so wie sie ist, wie sie ist.
Ist dies alles wahr
für Euch und für Dich -
dann sagt Euch jetzt „Ja"! -
Ich liebe Dich"

„Treue" Liebe

Liebe kennt keine Untreue,
denn wer liebt, ist treu!
Und wer nicht treu ist,
der liebt nicht!
Und wer nicht liebt,
kennt nicht die Treue.

Begriffe wie „Treue" und „Untreue" sind wahrscheinlich genau so alt wie die Liebe selbst und die Definition entspricht nicht selten in einer Liebesbeziehung dem Eigennutzen der Protagonisten.
Grundsätzlich aber ist in dieser Zweierbeziehung eine jede weitere Beziehung sehr nahe bei der Untreue angesiedelt, dabei können – und das ist die schlimmste Form von Untreue – sich zwei Menschen untreu werden, weil sie zwar die Zweierbeziehung praktizieren, aber bei diesem „Praktikum" ihre Gedanken – auch ihre Gefühle? – einer für sie unerreichbaren

Beziehung

nachhängen.

Gibt es eine größere Erniedrigung für einen Partner? Und ist diese – wenn vielleicht nicht mal vom Partner wahrgenommene Wunschvorstellung – nicht Untreue auf niedrigstem Niveau?

Oder ist das sexuell gesteuerte Ausbrechen eines Partners aus dieser Beziehung, der - vielleicht aufgrund von „anhaltender Lustlosigkeit" des Partners - nur die Befriedigung von Lust sucht, um das „Objekt der Lust" danach möglichst schnell zu vergessen - doch die schlimmere Form von Untreue? Was aber ist nun Treue? Und was ist nun Untreue?

Beide „Eigenschaften" definieren sich über die Seele – nicht über den Körper! Treue kann demnach nicht durch den Körper untreu werden und Untreue bleibt nicht durch den Körper treu.
Aber wer könnte den Begriff der Treue besser erklären, als die Liebe?

Treue

„Ich bin immer nur der Treue begegnet"
spricht die Liebe,
„die Untreue ist mir unbekannt,
denn wo ich bin, ist nur Treue,
und wo die Treue nicht ist,
bin auch ich nicht!"

Verehren und Begehren

Mehr als Begehren -
kann Verehren
die Treue gefährden.
Denn Begehren
verjährt durch Vermehren.
Vermehren wird sich zwar
auch das Verehren,
doch Verehren
kennt kein Begehren.
Und so wird Verehren
auch nicht verjähren.
Nichts weiter entbehren
wird nach dem Verjähren
das Begehren.
Entbehren jedoch -
wird das Verehren
doch mehren!

Wem ist er fremd – dieser „Weltschmerz" nach einer Trennung, wenn Gefühle am Boden liegen? Aber Liebeskummer stellt sich nicht immer erst nach einem Ende einer Beziehung ein – manchmal sogar, bevor eine Beziehung beginnt – und dieser ist nicht minder „qualvoll"! Ob es einen Unterschied gibt? Nein! Nach der Trennung oder vor einer unerreichbaren Beziehung glaubt man immer, ohne diese nicht leben zu können!

Liebeskummer

Sag nicht zu mir,
*dass **du** mich liebst.*
Ich bin die Frau,
*die **er** doch liebt.*
Ich bleib bei ihm -
was auch geschieht.
Sag bitte nicht,
ich liebe dich,
weil jedes Wort
das Herz mir bricht.

Er weiß von dir,
dass es dich gibt -
doch weiß er nicht,
dass du mich liebst.
Sie weiß von mir,
dass es mich gibt -
doch weiß sie nicht,
ob ich dich lieb'!

Zerstör kein Glück,
das es nicht gibt.
Er glaubt von mir,
dass ich ihn lieb.
Es stimmt sogar –
wenn's dich auch gibt!
Sie denkt von dir,
dass du sie liebst.
Drum sag es ihr,
dass du sie liebst,
und dass es mich
für dich nicht gibt.

Was du verlangst –
es ist sehr viel.
Ich bin ein Mann -
kämpf mit Gefühl.
Du weißt um mich
und mein Gefühl.
Es ist Liebe -
und kein Spiel.
Doch leugne ich
für dich Gefühl -
verleugne die Liebe,
weil ich dich liebe.

Eine Herz und eine Seele

Zwei Liebende sind
ein Herz und die Seel!
Dabei denkt man zunächst
an ein innig Gefühl.
Wer immer so denkt,
weiß von beiden nicht viel.
Denn ein Herz hat ein jeder –
nicht aber die Seel.

Es ist nur ein Spruch,
den fast jeder falsch kennt.
Denn das Herz und die Seele –
sie sind sich so fremd.
Sind wie Totsein und Leben
voneinander getrennt,
denn jedem der Herzen –
ist eine Seele stets fremd!

Ist die Liebe verliebt -
liebt sie mit dem Herzen.
Kehrt die Trauer mal ein,
trauert das Herz unter Schmerzen.
Doch Liebe wie Trauer –
man wähnt sie im Herzen.
Dort wähnt man Gefühle
wie Freude und Schmerzen!

Und dabei ist das Herz
ein Teil deines Leibes.
Der Motor des Lebens –

dieser Motor, er treibt es.
Man kann es noch wechseln,
wenn' s noch nicht zu weit ist.
Es schweigt, wenn's zu spät,
wenn „alles vorbei ist"!

Ein Herz braucht das Leben –
nicht eine Seel!
Das Herz wird geboren –
weiß nichts von der Seel.
Ein Herz - es muss schlagen,
sonst endet kein Spiel!
Eine Seel wird erzogen,
wie fast jedes Gefühl!

Geprägt von dem Umfeld –
von Erfahrung im Leben
- das ist die Seele -
will ein Gewissen dir geben.
So entsteht das Gewissen
als ein Teil deiner Seele –
sind somit verwandt
und ein Teil deines Lebens!

Leb also dein Leben
nach deinem Gewissen.
Vergiss nicht die Seele -
das Gewissen wird's missen.
Und beide, sie sind dir
ein „ruhendes Kissen".
Denn eine glückliche Seele
ist ein gutes Gewissen.

Und so schließt sich der Kreislauf
in einem Gefühl:
Ein Herz braucht den Körper,
den braucht auch die Seel!
Denn ein Leib ohne Herz
und ohne die Seel -
fehlt fürs Leben das Herz
und für das Gefühl eine Seel!

Moral

Das Wort „Moral" leitet sich ab aus dem „Lateinischen" - mos = Sitte bzw. mores = Sitten. Es steht damit für einen Begriff – nämlich der Sitte, deren Wert und Inhalt von der jeweiligen Gesellschaft geprägt wird. Folgerichtig ist die Moral immer nur so gut oder schlecht, wie die Gesellschaft, die sie prägt. Und jede Zeit prägt ihre Gesellschaft – oder aber jede Gesellschaft prägt ihre Zeit. Entsprechend wandelt sie sich – und mit ihr die Moral! Verwerflicher als die Moral sind nur noch die „Moralisten" - jene Pharisäer, die Wasser predigen und Sekt trinken – also Moral nach ihren „individuellen Wertvorstellungen" definieren.

Für mich persönlich habe ich meinen eigenen „Moralpegel" gefunden: Ich male in Augenhöhe eine imaginäre Linie auf einem Spiegel. Können sich meine beiden Augen oberhalb der Linie im Spiegelbild „in die Augen sehen" - heißt dies, dass mein Moralverhaltung in Ordnung ist.
Sind meine Augen niedergeschlagen und können sich nur unterhalb der Line sehen, ist mein Moralverwaltung nicht in Ordnung und ich muss es hinterfragen!
Schaut ein Auge oberhalb und das andere unterhalb der Linie in den Spiegel – muss ich an meinem Moralverhalten arbeiten.

Moral

In meinem Leben ist mir eine unmoralische Wahrheit stets wichtiger als eine „moralische Lüge" gewesen -
oder anders ausgedrückt:
Von einer bekennenden Unmoral und einer geheuchelten Moral ist die bekennende Unmoral die Ehrlichere und deshalb auch die bessere Moral - sofern es eine gute Unmoral oder schlechte Moral - sofern es überhaupt eine Moral gibt!
Ich meine, eine ehrliche Moral, die sich nicht nur predigt, sondern eine, die sich auch selber lebt!

Menschen halten „Heimlichkeiten" oft für ein Geheimnis – welch ein Irrtum! „Heimlichkeiten" verlieren in dem Augenblick ihren „Sinn", wenn ihr Austausch unter Menschen stattfindet – insoweit unterscheiden sie sich nicht vom Geheimnis. Denn der Austausch ist ein Teil der „Bestimmung" der Heimlichkeiten und dient nicht zuletzt der „Demonstration eigener Überlegenheit" anderen Menschen gegenüber. Das Geheimnis hingegen hat aber einen gänzlich anderen Ausgangspunkt: es entsteht meist im eigenen „Ich" und ich kenne niemanden, der kein ganz individuelles Geheimnis in sich trägt – selbst nächsten Mitmenschen und Vertrauten gegenüber. Das Geheimnis ist das Abbild seines „Ego's" - und ein „Ego" ist der individuelle Charakter einer Seele. Und niemand lässt sich in seine Seele schauen, denn nicht selten birgt sie Geheimnisse, für die der „Geheimnisträger" sich sogar schämt, denn es sind nicht selten Tatsachen, für die er „andere" verachtet oder sogar verurteilt – noch ein Grund sein Geheimnis geheim zu halten.

Heimlichkeiten verheimlichen erscheint vielen Menschen als ist eine „elementare Einschränkung von Lebensqualität" – zu glauben sie outen zu müssen, aber kann zu einer Neurose werden.

Das Geheimnis beflügelt oder es erdrückt – und nicht selten beides gemeinsam. Aber es birgt – und das ist kein Gegensatz - auch die Freiheit der eigenen Entscheidung, nämlich es zu genießen, zu ertragen oder es zu outen.

Ein Geheimnis verbindet man nicht selten mit etwas Mysteriösem, vielleicht sogar mit etwas Verbotenem - fast immer aber mit etwas, das sich „im Dunkeln befindet" – aber es gibt auch das Geheimnis des Lichtes – das trotzdem nicht klarer ist!

Das Geheimnis des Lichts

Im Dunkel irgendwo
brennt heimlich ein Licht.
Es ist ein Geheimnis
drum leuchten darf's nicht.

Wie man es findet -
so ganz ohne Sicht –
weiß allein das Geheimnis
und weiß nur das Licht!

Wer dennoch es sucht -
das Geheimnis des Lichts -
der findet es dort,
wo das Geheimnis auch ist.
Dort berührt das Geheimnis
den Schein dieses Lichts
und spürt dann das Feuer,
das ausgeht vom Licht.

Und der Schein dieses Lichts
versteckt ein Geheimnis!
Deshalb löscht er sein Licht,

weil es doch noch geheim ist.
Und niemand erahnt,
dass das Licht nicht allein ist.
Denn es birgt auch das Licht
ein zartes Geheimnis.

Und die Flamme des Lichtes
strahlt nur im Geheimnis!
Und dieses ist glücklich,
weil es nicht mehr allein ist.
Und so ist dieses Licht
ein Teil des Geheimnis'.
Und das Geheimnis es ist
ein Teil dieses Lichts!
Doch immer nur leuchten
als dunkles Geheimnis?

Das Geheimnis möchte schreien,
obwohl es geheim ist:
Seht - ich liebe das Licht,
auch wenn es nicht mein ist!
Und so ist glücklich das Licht,
weil es nicht mehr geheim ist!
Doch immer nur schweigen
als Licht im Geheimnis?
Auch das Licht möchte schreien,
obwohl es geheim ist:
Seht - ich mag das Geheimnis,
obwohl es nicht mein ist!
Und im Glanz meines Scheines
erstrahlt ein Geheimnis!

Doch was ist ein Geheimnis,
das jedermann kennt?
Und strahlt wohl ein Licht,
das bei Sonnenlicht brennt?
Beides scheint beiden
so fern und so fremd -
sie lieben viel mehr
das Geheimnis, das „brennt"!

Und im Dunkeln irgendwo
brennt immer noch Licht.
Und das Geheimnis es sieht
im Schein sein Gesicht.
Sein Leuchten im Schein

bis die Nacht es dann bricht.
Die Nacht sie nimmt beiden
für immer das Licht!
Kein Geheimnis brennt mehr
und es leuchtet kein Licht!

Novembergedanken

In der medizinischen Diagnostik nehmen Begriffe wie „burn-out" und „Depressionen" zunehmend einen höheren Stellenwert ein. Sie sind in unserer Gesellschaft zum Inbegriff für persönliche Extremsituationen aufgrund von Überbelastung durch Beruf und Eigenverantwortung geworden. „Burn-out" und „Depressionen" sind jedoch nicht „nur" unbewältigte Stressfolgen oder momentane „Launen der Seele" – wie von Menschen oft fälscherweise interpretiert – nein – „burn-out" steht für das „Ende des Könnens" und „Depression" für das „Ende des Wollens" – oder beides gemeinsam für das jeweilige Andere. Das, was ich im nachfolgenden Gedicht aufgeschrieben habe, ist nicht die wissenschaftliche Definition der Depression - aber es ist meine gefühlte Definition – die Definition eines Betroffenen!

Novembergefühle –
die Leiden der Seele

Du hast die Tränen der Seele geweint –
hast diese Seele doch immer verneint!
Die Angst hat sich mit ihr jetzt vereint.
Es gibt diese Seele -
du hast Falsches gemeint.

So mancher verwechselt
die Seel mit dem Herzen.
Das Herz kann man wechseln,
wenn auch unter Schmerzen.
Nicht so die Seel,
trotzdem kennt sie Schmerzen.
Das unterscheidet also
die Seele vom Herzen.

Das Herz, es kann brechen –
das kann auch die Seel!
Doch die Schmerzen der beiden,
sind nicht gleich im Gefühl.
Die Schmerzen von beiden
sind ein schlimmes Gefühl.
Du kennst ihre Leiden
und du kennst ihr Gefühl!

Die Gefühle der Seele
bringen den Kopf durcheinander.
Geh'n nicht mehr konform,

obwohl dicht beieinander.
Sie fühlen getrennt –
nicht mehr miteinander,
obwohl sie so abgestimmt –
und zwar aufeinander!

Der Zwiespalt macht krank
- du bist dieser Kranke.
Es fällt schwer dir das Gehen –
es fällt leichter das Wanken.
Eine Geisel der Menschen,
an der viele erkranken.
Du suchst eine Säule,
um Hilfe zu tanken!

Du fürchtest dich vor
dem Dunkel der Nacht.
Zu oft bist du
schweißtriefend aufgewacht,
weil eine grausame,
tiefschwarze Macht,
aus Mücken hat
Elefanten gemacht.

Ihnen läufst Du davon –
du wirst immer schneller.
Wie schnell du auch bist –
die Herde kommt näher.
Bis plötzlich du spürst –
du bist gar nicht schnell!
Du kommst gar nicht fort –
du trittst auf der Stell.

Die Nacht ist vorbei –
jedoch nicht ganz für immer.
Heut ist so wie gestern –
nur heute noch schlimmer.
Und morgen wie heute –
nur schlimmer? Nein nimmer!
Wenn's bliebe wie heute –
nur nicht noch schlimmer!

Du schließt deine Augen –
und es ist dunkel.
Du öffnest sie wieder -
trotzdem ist es dunkel.

Wähnst überall Menschen,
die über dich munkeln.
Du wähnst dich nicht sichtbar –
du wähnst dich im Dunkel!

Du fragst dich, was fehlt dir -
wem läufst du davon?
Du kennst keine Antwort –
und wem hülfe sie schon?
Ist es dies oder das –
vielleicht alles zusamm'n?
Ein Läuten der Türe –
und schon läufst du davon!

Willst niemanden hören –
mit niemandem reden.
Willst nur noch allein sein –
das ist jetzt dein Leben.
Willst Ängste und Tränen
alleine durchleben.
Wer kann schon die Schäden
der Seele beheben?

Hast Angst vor der Arbeit
und sie nicht zu leisten.
Obwohl du es kannst –
das wissen die meisten.
Aber Angst macht nicht fähig
das Leben zu meistern,
und Freunde und Freud,
willkommen zu heißen!

Brücken reißen ein
zwischen Menschen und dir.
Du fällst in ein Loch –
gleich unter dir!
In dir steigt die Angst,
wie der Pegel im Meer!
Sie zieht dich hinab –
dein Herz ist zu schwer.

Angsttraum und Tränen –
du willst nur noch liegen.
Novembergefühle –
von sieben bis sieben.
Dein Leben blieb irgendwo -

irgendwann liegen,
in der Zeit, irgendwann –
zwischen sieben und sieben.

Du hast schon im Leben
die Hölle durchwatet.
Den Angsttraum im Rücken –
so bist du gestartet.
Persönlich hast du
deine Schwermut geadelt
und wurdest deswegen
selbst von Freunden getadelt.

Die Schönheit des Lebens
wird geopfert dem Frust.
Es fehlt jede Lust dir,
sogar Lust auf die Lust.
Das Ausmaß der Angst –
davon hast du gewusst.
Nur wer da durch muss,
dem wird sie bewusst!

Auf dem Gipfel der Angst -
in schwindelnder Höh',
wartest ängstlich du
auf die erlösende Bö.
Ein Schritt nur nach vorne –
es tät nicht mal weh -
und Tränen und Angst –
sie wären passe'!

Den Teufel im Nacken –
diese Last war zu schwer.
So wurdest Du krank -
wann weißt du nicht mehr.
Es war noch gewiss,
bevor deine Seele geleert
von den Tränen der Angst –
beides war ihr zu schwer!

Wohin floh dein Lachen
deine Freud im Gepäck?
Dein Lächeln erstarrte,
noch bevor es geweckt!
Frohsinn und Laune –
wohin sind sie weg?

Dein Leben ein Rinnsal
in ein zu großes Leck!

Dein Blick schaut nach vorne -
er schaut in den Spiegel.
Dort siehst du dein Antlitz –
das Buch mit den Siegeln.
Du schaust in die Angst –
willst die Türen verriegeln.
Es scheint dir zu wenig -
du musst sie versiegeln!

Wo ist dieses Licht -
es geht doch nichts mehr.
Es kommt doch sonst immer
von irgendwo her?
Ich finde das Licht nicht
und das Suchen fällt schwer.
Ich bräuchte es jetzt –
es fehlt mir so sehr!

Du gehst einen Weg,
den ein Kranker nur kennt.
Zum Arzt für die Seele
aber der ist dir fremd.
Du schaust dich erst um,
ob dich niemand hier kennt -
beim Eintritt ins Zimmer
wo sein Licht jetzt noch brennt.

Die Worte des Fachmanns
sind sorgsam gewählt.
Du hörst seine Worte,
wenn er sie erzählt.
Sie verleihn dir zwar Flügel –
doch fliegen musst selbst.
Vielleicht fliegst du sogar -
in deine frühere Welt!

Dein Leben kehrt wieder
auf ganz leisen Sohlen.
Es kehret zurück,
was dir wurde gestohlen.
Viel Einsicht und Vorsicht
hat man dir jetzt empfohlen -

sollen Panik und Tränen
sich nicht wieder wiederholen.

Wenn auch sicher gelandet –
doch du stehst auf der Höh'.
Hier muss es kein Sturm sein –
hier reicht eine Bö.
Und es ist wieder die Angst
hier auf schwindelnder Höh.
Es ist zwar kein Sturm hier –
aber stürmisch die Bö!

Du begehst neue Brücken –
unter jeder ein Loch.
Du fällst nicht hinein,
aber fürchtest dich doch!
Bedenk, was du tust -
wirf dein Leben nicht fort.
Dein Leben war andern
und ihrer Hoffnung ein Hort!

Aber ein Fürchten in Grenzen
und Respekt auch im Rahmen
lässt oftmals ein lebbares
Leben erahnen!
So wirst du dein Leben
nicht länger beklagen.
Vielleicht wirst' dem Leben
du „Danke" einst sagen!

Seelen, die kranken
sind wie Novembergefühle.
Sind traurig und trostlos
von sieben bis sieben!
Ist der November vorbei,
ist willkommen das Leben!
Dein Leben wie früher –
und es will dich doch lieben!

PS:
Ob meine Seele noch leidet?
Würde ich sonst weinen
beim Schreiben?

Und wann wird sie genesen?
Wenn ich nicht mehr weine
beim Lesen!

Das Leben will dich lieben – eine Idealvorstellung – oder vielleicht doch nicht? Denn die Frage ist: Willst du auch das Leben wieder lieben, vielleicht wollen schon, aber kannst du es wieder lieben? Nähe ist für mich das andere Wort für Liebe. Suchst du also die Nähe zum Leben oder legst du das Leben beiseite? Suchst als weiteste seiner Entfernung den Tod, weil er dir plötzlich näher ist als das Leben?

Lösung oder Erlösung?

Den Tod begreifen -
heißt das Leben verstehen.
Wenn Ängste erst reifen -
werden Taten geschehen.
Dass Hände nach Hilfe greifen -
wollen Menschen nicht sehen.
Wollen lieber nicht begreifen:
„Wie konnt das geschehen?"

In meinem Leben habe ich auch andere „Kranke" kennengelernt: „Kranke", die nicht krank sind, sondern Krankheit nur vorgeben (Simulanten) – Kranke, die sich ihre Krankheit einbilden (Hypochonder) und Kranke, die eigentlich nicht krank im medizinischen Sinn sind, sondern die sich hinter ihrer Krankheit verstecken. Ihre Krankheit ist das Alibi für vieles, was sie tun oder nicht tun möchten! Im Prinzip aber sind sie alle krank – nur jeder auf seine Weise!

Krank

Manche Menschen möchten nicht krank sein -
sie möchten nur nicht gesund werden!
Sie fürchten das Kranksein
und täuschen vor ihre Beschwerden!
Sie lieben das Kranksein –
so ohne Beschwerden.
Wären für vieles verantwortlich –
ohne das „Kranksein"!

Als ich mit meiner Frau ein befreundetes Ehepaar und ihren 45-jährigen Sohn besuchte, unterhielten wir uns darüber, was wohl das Leben dieser Eltern noch ausmache. Der Sohn wurde nach einem operativen Eingriff zum absoluten Pflegefall. „Sein Zustand ist mehr als ein Wachkoma" – versuchen uns besorgte Eltern zu erklären. Faktisch aber ist er nicht mehr in der Lage, selbständig sein Leben zu leben. Als ich unser Mitleid bezüglich ihres „eingeschränkten Lebens" der Mutter vorbringe, zeigt sie sich verwundert und fragt, was wir wohl tun würden, wenn unsere Tochter in dieser Lage wäre. Sie beschämt mich mit dieser Frage, denn wie recht sie doch hat. Und fast demonstrativ „unterhält" sie sich mit ihrem Sohn und antwortet für ihn, küsst ihn und lacht mit ihm. Und alles kommt aus tiefstem Herzen. In diese Kommunikation fühlen wir uns sogar als „Außenstehende" involviert. Auf der Rückfahrt unterhalte ich mich mit meiner Frau erneut über unsere Bekannten, aber diesmal ist es ohne Mitleid, auch nicht voller Bewunderung – nein fast schon etwas neidisch. Denn die Eltern haben uns gezeigt, wie wunderbar das Leben sein kann, wenn es etwas gibt, für das es sich zu leben lohnt – wenn auch der Preis nicht immer so hoch sein muss!

Sorgen

Die Sorge wiegt schwer -
ist ein großer Ballast.
Fällt sie von dir ab -
wiegt wie die Feder die Last.

Auf das dieses geschieht -
wartest du oft vergebens.
Oft wird diese Last
ein Teil deines Lebens!

Die Last sie erdrückt dich -
macht das Leben dir schwer.
Dann frage die Sorge,
warum kommst grad zu mir?

Doch manchmal fragst du dich:
Ist die Last wirklich schwer?
Ist die Sorg gar nicht schwer -
nur dich drückt sie so sehr?

Auch andere leiden
unter den Lasten von Sorgen.
Doch leiden sie anders -
verschieben Sorgen auf morgen!

Doch manche der Sorgen

kann man nicht entsorgen.
Dann vergiss nicht dir Hilfe
vom Leben zu borgen!

Denn einige Sorgen -
man kann sie gar lieben.
Wie den Menschen, der krank ist,
den kann man nur lieben!

Er ist heut' deine Liebe,
aber deine Sorge von morgen.
Doch die Sorge von heute,
ist oft das Licht schon von morgen.
Vielleicht suchst du Kraft auch -
suchst Kraft in dem Glauben.
Im Glauben an Hoffnung -
denn die Hoffnung lässt glauben!

Der größte Irrtum des Menschen ist sein Glaube, dass er selber ohne Fehler sei! Sein größter Fehler aber ist, dass er sich verhält, als sei er ohne Fehler!

Errare humanum est

Der Fehler er denkt,
dass er sei ein Irrtum!
Aber dieses zu glauben –
genau ist sein Irrtum!
Der Fehler er wünscht sich -
dass er sei ein Irrtum.
Genau dieser Wunsch -
ist weder Fehler noch Irrtum!

Es ist verzeihbar der Irrtum,
denn er ist so menschlich.
Der Fehler doch nicht –
sein Handeln ist fälschlich.
Das Ergebnis jedoch
ist dennoch identisch.
Es ist beiden so eigen -
aber beides doch fälschlich!

Falsches Denken führt auch
zum falschen Ergebnis.
Falsches Handeln führt auch
zum falschen Ergebnis!
Der Mensch akzeptiert nicht
das falsche Ergebnis -
akzeptiert weder Ursach,
noch den Weg zum Ergebnis!

Der Irrtum ist dem Fehler
nicht überlegen.
Aber mehr als der Fehler,
hat er menschlichen Segen!
Die Reue des Fehlers
macht selbst den Irrtum verlegen.
Mit der Reue des Fehlers
kann man diesem vergeben!

Nur Menschen sie können,
Menschlich' vollbringen.
Können dieses von Menschen
nur dem Menschen abringen!
Irren ist menschlich –
wer kann die These bezwingen?
Der Fehler jedoch muss,
um Menschlichkeit ringen!

Ein Irrtum ist kein Fehler,
wenn er besser nicht weiß!
Der Fehler nur ein Fehler,
weil er besser es weiß!
Der Fehler ist kein Irrtum,
wenn er besser nicht weiß!
Falsch ist es beides
- wie immer es heißt!

Viele Menschen empfinden die Entschuldigung für Fehlverhalten schlimmer als die Reue. Ein Grund dafür ist wahrscheinlich die Tatsache, dass man die Reue verheimlichen kann, die Entschuldigung hingegen outen muss – denn darin liegt der Sinn einer Entschuldigung.
In meinem Leben ist mir beides nie schwer gefallen – schwerer fiel mir da schon die Einsicht für beides!

Zeitlebens

Was immer ich tat –
stets war ich mir sicher:
Meist war es recht so -
weil meist überlegt.
War ich dennoch vielleicht
nicht immer ganz sicher,
dann habe den Plan
ich beiseite gelegt!

Oft war mein Plan
sogar auch ein Fehler.
Vielleicht nicht mal dies –
vielleicht nur ein Irrtum.
Was immer es war,
erfährt man meist später.
Aber beides ist falsch –
nur weniger der Irrtum!

Was muss man bereuen?
Vielleicht beides? Nicht eines -
denn beide sie sind
ohne Absicht gemacht!
Du solltest die Einsicht
dennoch nicht scheuen:
Was du hast gemacht –
du hast Falsches gemacht!

Wann aber verlangt
das Handeln nach Reue?
Wenn du weißt, dass es falsch war
und hast's dennoch gemacht!
Weder Fehler noch Irrtum
werden gesühnt dann durch Reue!
Dann bereue nicht nur,
sondern verwirf' was du machst!

*Macht **der** nur die Fehler,*
***der** auch etwas macht?*
Sind Wegsehen und Nichtstun
nicht größere Fehler?
Oder ist's nur ein Irrtum,
den man besser nicht macht?
Nein Wegsehen und Nichtstun
sind schwerere Fehler!

Zusehen und nichts tun,
wenn Unrecht geschieht!
Es trifft ja nur andere –
du bist nicht betroffen!
Dich trifft keine Schuld,
wenn Unrecht geschieht?
Dass dieses so ist,
möchtest du zu gern hoffen!

Was also soll Reue -
und was soll sie bewegen?
Du hast Falsches getan -
ob Irrtum, ob Fehler!
Doch nach einer Reue
soll streben dein Leben -
vielleicht bei der Einsicht –
egal wenn auch später!

Ob nun Fehler ob Irrtum –
ich hab stets es bereut,
wenn mit Vorsatz ich habe
Menschen getäuscht.
Ich habe im Leben
nie die Entschuldigung gescheut –
hab für Fehler und Irrtum
nie die Reue bereut.

Wahre Stärke eines Menschen ist, zu seinen Schwächen zu stehen! Seine größte Schwäche ist es, eigene Schwächen nicht zu erkennen! Sein größter Makel ist es, eigene Schwächen zu leugnen! Seine „schönste Schwäche" ist es, aus Liebe und Fürsorge für andere zu leugnen!

Lügen

Lügen sie lügen -
wann immer sie lügen.
Lügen sie lügen -
warum sie auch lügen.
Lügen sie lügen –
wie oft sie auch lügen.
Lügen sie lügen –
wie sehr sie auch lügen!

Weder Anlass noch Lügner
machen sie nicht zur Lüge!
Es gibt weder große,
noch kleinere Lügen.
Die Unwahrheit ist immer
und stets eine Lüge.
Und selbst beste Absicht
macht sie dennoch zur Lüge!

Weder Liebe noch Not
macht aus ihr keine Lüge.
Selbst Lüge zum Schutz
ist auch eine Lüge!
Die Wege sind anders
von Lüge zu Lüge,
aber das Ende des Weges
ändert nichts an der Lüge!

Ein Kind und zur Weihnacht
weiß nicht um die Lüge.
Das weiß nur der Vater –
erzählt trotzdem die Lüge!
Und ein Kind, es ist glücklich
aufgrund einer Lüge.
Wie glücklich es ist –
es bleibt eine Lüge!

Menschen sie wissen
um das Sein einer Lüge.
Im Anschein des Todes
hofieren sie die Lüge!
Ein Mensch der bald stirbt,
wünscht zum Trost sich die Lüge!
Doch wie tröstlich sie ist –
sie bleibt eine Lüge!

Die Malerei – und zwar auch die eigene - hat in meinem Leben stets eine Rolle gespielt. Dabei haben mich Farben erst mit zunehmendem Alter interessiert und im Alter dann wieder weniger.

Begeistert aber haben mich immer wieder Zeichnungen, also mit einem Bleistift „gemalte" Bilder. In meiner Kindheit hat mich die Fähigkeit fasziniert, mit einem Bleistift und einem Radiergummi „weiß" durch „schwarz" auf weißem Papier darzustellen. Die Überlistung dieser Unlogik gelingt nur der „Kunst"! Auch „Schwarz-Weiß-Bilder" in der Fotografie üben bis heute eine magische Kraft auf mich aus, weil sie – unabhängig vom Motiv — eine

„zeitlose Vergänglichkeit" darstellen - ohne ihre Faszination für die Gegenwart zu verlieren. Diese Faszination ist nicht erklärbar, aber es wohnt ihr eine gewisse Melancholie inne - eine „Weltuntergangsstimmung", wie sie in der Psychologie auch genannt wird. Und dennoch gibt es Menschen – und ich bin einer von ihnen – die Melancholie nicht nur negativ sehen. Melancholie lässt zu, dass ich mich ein wenig bemitleide, wenn ich das Gefühl habe, andere vernachlässigen mich in ihrem Mitgefühl für mich. Dann „kehre ich in mich", finde aber auch dort nicht die Helligkeit des Lichts, die alles so deutlich und klar erscheinen lässt. Und ich schau gen Himmel und versuche den verschwommenen Umrissen der Wolken vor dem Hell des Himmels, Bilder abzugewinnen – Träume in „schwarz" und „weiß" - meine Vorliebe für diese „Farben". Aber ich sehe auch „grau" als verbindendes Element zwischen zwei starken Extremen wie „weiß" und „schwarz" sie nun einmal sind.

„Weiß" und „Schwarz" stehen aber auch für das Leben und für den Tod. Denn das Leben beginnt mit dem ersten Blick ins Helle – „ins Weiß" – und es endet, wenn man die Augen schließt – im Dunkeln – im „Schwarz" - und dazwischen liegt die bunte Welt der Farben – das Leben!

Melancholie

Du beklagst dein Leben –
es läuft nicht ganz rund?
So viele sind glücklich –
du kennst nicht den Grund?
Du fühlst dich so kränklich –
wähnst die Anderen gesund?
Du glaubst dich nicht glücklich -
du suchst nach dem Grund?
Du wirst unzufriedener –
von Stunde zu Stund?

Von Stunde zu Stunde
wachsen bald die Begierden?
Es genügt dir nicht mehr
was dir das Leben beschieden?
Du hast vom Vielen zu wenig
und vom Wenigen zu viel?
Ist Reichtum und Macht
am Ende dein Ziel?

Dann geh in das Zimmer
mit dem Glas an der Wand!

Rund ist das Glas –
wie beim Spiegel der Rand.
Siehst du dann im Spiegel
ein unwirsch Gesicht -
dann wende das Glas
bevor es zerbricht.

Der Rand dieses Spiegels
ist immer noch rund -
doch du siehst dich
nicht mehr als Mittelpunkt!
Und dein Blick - er schweift
über den Spiegelrand.
Es schaut nun das Auge,
was bisher es verkannt!

Es sieht Flammen und Fluten,
die Menschen verschlingen!
Sieht flüchtende Menschen,
die nach Atemluft ringen.
Sieht Raketen und Bomben,
die Menschen zermetzeln -
nicht selten getrieben -
von Religionen und Ketzern.

Es sieht diese Welt –
man nennt sie die Dritte -
in der Kinder verhungern –
doch „nur jedes Dritte"!
Das erste und zweite –
sie starben an Krankheit –
die zwei nach dem Dritten –
starben in „Langzeit"!

Es schaut in die Fenster
des „Hauses der Betten"
wo Menschen sich hetzen,
um Menschen zu retten!
Es sieht spielende Alte –
doch dann wird ihm klar -
oh Gott, es sind Kinder –
ihnen fehlt nur das Haar!

Es schaut auf den Friedhof –
dem Schlafsaal der Toten.
Sie haben jetzt Frieden –

so kann man vermuten.
Denkt auch ein Kind so -
am Grab seiner Mutter?
Es denkt ich hab' Vati,
doch mir fehlt meine Mutter!

Das Aug' sieht den Freund,
der den Weg oft geteilt!
Er kann nicht mehr laufen –
kaum noch sitzen und weint.
Dies all sieht das Auge
und stellt dem Spiegel die Frage:
Wär nicht bei diesen
der Grund für die Klage?

Spiegel - wer sind nun
die Ärmsten im Land?
Sind's jene dort
neben dem Spiegelrand?
Oder die, die klagend
noch immer reinschau'n,
und einem Spiegelbild mehr
als der Wahrheit vertrauen?

Menschen halten landläufig Tränen für eine menschliche Schwäche und ordnen diese eben aus diesem Grund eher den weiblichen als den männlichen Menschen zu.

Ein Sprichwort sagt: „Tränen reinigen die Seele!" Eine These, die durchaus richtig sein mag, aber wenn, dann reinigt sie auch „männliche" Seelen. Und ich möchte das Sprichwort ergänzen:

Tränen der Trauer reinigen die Seele - Freudentränen schützen sie! – Oder ist es umgekehrt: Freudentränen reinigen die Seele – Tränen der Trauer schützen sie?

Tränen

Die Träne der Freude
und die Träne aus Leid
sind beide
mit dem gleichen Auge geweint.
Das Auge weiß nicht,
warum es sie weint.

Es ist ihm egal -
weiß nur, dass es weint!

Nicht nur das Aug' -
auch das Wasser ist gleich!
Es quillt aus dem Auge
und der Seele zugleich.
Es rinnt bis das Wasser
den Boden aufweicht,
und die Träne ganz unten
ihren Tiefpunkt erreicht!

Denke ich an Angst, fällt mir als erstes eine Erinnerung aus meiner Kindheit ein. Am Nikolausabend saßen wir wie jedes Jahr versammelt um den Küchentisch und hörten die Geräusche einer schweren Kette die „Knecht Ruprecht" über den Hof schleppte. Angst vor dem Nikolaus hatte ich auch – aber schlimmer war die Panik vor dem „Schwarzen Mann"! Ich behaupte, dass es kaum einen Menschen gibt, der ein Angstgefühl nicht in irgendeiner Form schon einmal kennengelernt hat. Ich jedenfalls hätte große Angst vor der Angst, könnte ich die Angst nicht deuten. Und dennoch habe ich ein Leben lang meine Angst nicht verleugnen können – nur die Person des „Schwarzen Mannes " ist im Laufe der Zeit eine andere geworden! Geblieben mit zunehmendem Alter ist die Angst vor Klassenarbeiten, vor der Entdeckung von Sünden, vor den Folgen von Sünden, vor der Verantwortung, vor Krankheiten - nicht zuletzt vor dem Tod. Letzteres allerdings nur so lange ich mich nicht mit ihm auseinandergesetzt habe. Denn in diesem Zusammenhang habe ich ihn kennen- nein nicht liebengelernt - aber ihn als meinen ältesten Lebensbegleiter auch akzeptieren gelernt.
Ich habe ihn auch – und das hat mir die Akzeptanz leichter gemacht – als Wohltäter schätzen gelernt – als Erlöser von Qualen und Lebensunmut. Und eigentlich muss ich ihm sogar für jeden Tag meines Lebens dankbar sein, denn er wäre durchaus in der Lage gewesen, mein Leben früher zu beenden!

Jede Geburt gebiert den Tod! Eine Erkenntnis, die, die Freude über die Geburt genauso wenig mindern sollte, wie der Respekt vor dem Tod. Er ist nicht nur am Ende des Lebens zugegen sondern schon bei Lebensbeginn – fürwahr ein „treuer Weggefährte"!
Ich für meinen Teil habe dem Tod einen Namen gegeben und seit dieser Zeit kann ich mit ihm reden, ihn ansprechen. Zu jemandem den man beim Namen kennt entwickelt sich bald eine Basis - wenn auch für eine monologe Kommunikation. Aber ich weiß, ich habe einen Zuhörer gefunden, der mich besser versteht, als ich ihn verstehe.

Angst und Wahnsinn

Angst und Wahnsinn
sind schlimme Bekannte.
Sie sind mehr noch –
sie sind Schreckensverwandte.
Glücklich ist der,
der beide nie kannte -
der nie sie gesehen
und niemals ihm schwanten!

Doch was geschieht,
wenn er beide gesehen -
kann er weder erahnen
und noch weniger verstehn!
Er zittert vor Angst
und läuft um sein Leben -
in die Arme des Wahnsinns –
grad ihm entgegen!

Er muss sich entscheiden
zwischen Wahnsinn und Angst.
Die Zeit ist zu wenig –
er hat keine Chance.
So wählt er den Wahnsinn
denn die Angst ist bekannt.
Dabei erkennt er den Wahnsinn
als den Gipfel der Angst!

Glaube

Es haben vielleicht Menschen denselben Glauben und glauben vielleicht auch an den gleichen Gott. Und doch betrachtet jeder Mensch „seinen" Glauben und „seinen" Gott auf „seine Weise". Ich gehe sogar so weit zu behaupten, dass jeder Mensch „seinen eigenen Gott und Glauben" hat, auch wenn sie an denselben Glauben und denselben Gott wie andere glauben, weil jeder Mensch über ein individuelles Vorstellungsvermögen verfügt. Ein Leben lang war auch meine Fantasie von dem infantilen Gedanken geprägt, dass Gott über den Wolken – also „im Himmel" was immer das ist – thront. Aber ich habe nie verstanden, auf welchem Wege ich dort hinkommen sollte – und insbesondere als was? Mein Respekt vor der Intimsphäre eines Menschen und meine feste Überzeugung, dass der Versuch, einen Menschen seiner Glaubenvorstellung zu berauben, zum größten Frevel der Zwischenmenschlichkeit gehört, haben meine noch so große

Neugier auf die Vorstellung anderer Menschen diesbezüglich bislang be-
siegt – und ich hoffe innigst, dass dies auch so bleibt. Allen gemein ist eigentlich nur eine individuelle Vorstellung von Gott und einem Leben nach
dem Leben. Und diese Vorstellung ist ihr Glaube. Und wenn es „etwas
Heiliges" oder ein absolutes „Tabu" – oder vielleicht sogar ein „heiliges
Tabu" auf dieser Erde gibt, dann ist es die Glaubensauffassung eines anderen Menschen, denn schon der Versuch ihn von dieser Auffassung ab-
zubringen, halte ich nicht nur für einen großen Frevel, sondern für ein straf-
rechtlich leider nicht relevantes Verbrechen, denn man stiehlt diesem Menschen seinen Lebensinhalt – man stiehlt ihm einen Teil seines Lebens!
Aber für die meisten – oder aber zumindest doch für viele oder wenige von
ihnen - ist es ein Glaube mit Zweifel. Und diese Zweifel werden durch die
Hoffnung ersetzt, die Hoffnung, dass ihr Glaube sich erfüllt!
Im Gegensatz zum Glauben verspricht die Hoffnung nichts und muss deshalb auch nichts halten - bis auf das was ihrem Wesen entspricht - ihr
Glaube, dass alles denkbar ist.

Der Glaube

Wenn dein Glaube so stark ist,
dass es dir nicht mehr wichtig ist,
ob es einen Gott gibt,
dann danke Gott für diesen Glauben -
auch wenn es ihn nicht gibt!

Der Glaube verwechselt
oft Wissen mit Glauben.
Das Wissen doch weiß,
dass der Glaube nichts weiß!
Dass dieser nur hofft,
ist das Wesen des Glaubens!
Den Glauben nicht brauchen,
ist was das Wissen nur weiß.

Ohne jeglichen Glauben
werden Menschen gebor'n.
Auch ohne das Wissen –
denn woher soll es kommen?
Glaube und Wissen
werden dem Mensch' anerzogen.
Auf die Erfahrung des Lebens
muss selber er kommen!

Der Glaube er glaubt noch
an Zeichen und Wunder.
Doch es weiß nur das Wissen –
diese Wunder sie gibt's nicht.
Und das Wissen es weiß
- zumal das „gesunde" -
es bleibt nur der Glaube -
wenn das Wissen erlischt!

So fragt dann das Wissen
nicht unstolz den Glauben:
Es gibt uns zwar beide –
aber wer ist gewiss?
Wem kann man trauen -
mir statt dir, Glaube?
Weder Wissen noch Glaube –
nur die Hoffnung ist gewiss!

So hat selbst der Glaube
am Wissen wohl Zweifel!
Doch was weiß das Wissen
vom Geheimnis des Glaubens?
Das Wissen weiß vieles –
lässt daran keine Zweifel -
aber nichts vom Geheimnis
als der Macht dieses Glaubens!

Ist das Wissen so schwach
und der Glaube er zweifelt -
rät der Glaube dem Wissen:
Ruf die Hoffnung hinzu!
Doch die Hoffnung sie hofft nur –
sie hat selbst ihre Zweifel!
Und eine zweifelnde Hoffnung
spielt niemandem zu!

Auf was immer man baut –
es bleiben die Zweifel.
Nur Wissen und Glauben -
sie stehen nicht dazu!
Sie glauben und wissen –
und das ohne Zweifel!
Nur die Hoffnung gibt zu:
Ich stehe dazu!

Verschieben sich also
die Werte des Lebens
und Wissen und Glaube
sie beide gehen unter,
ist die Hoffnung ein Trost –
ein Segen fürs Leben!
Die Hoffnung bleibt bei dir –
hofft mit dir auf ein Wunder.

Auf so vieles verzichten
kann also das Leben.
Auf Wissen und Glauben –
auf die Hoffnung doch nicht!
Denn sie stirbt als letztes –
als das Letzte im Leben –
und sie stirbt erst nach dir –
sie bleibt als dein Licht!

Dummheit und Glaube

Dem Glauben zu glauben,
fällt manchmal so schwer.
Dann wünscht man sich Dummheit –
ihr fällt Denken so schwer.
Und fällt Denken erst schwer –
ist Glauben nicht schwer!
Und glaubt erst das Leben -
fällt Totsein nicht schwer!

Müsste Gott sich irgendwann mit den „Taten der Kirche, die diese in seinem Namen" - oder nach Kirchenglauben „gar und auf sein Geheiß hin vollbracht" hat - identifizieren, würde er wahrscheinlich aus Respekt vor seinem Amt, von diesem zurücktreten.

Denn es ist und war die Kirche, die gegen seine Gebote auf mannigfache Art und Weise gesündigt hat - mehr noch: Die Verbrechen an Mensch und Menschlichkeit zugelassen, sie verschwiegen - zumindest aber keiner Sühne unterzogen oder zugeführt hat.
Es ist dieselbe Kirche, die glaubt, Menschen jenes Wort Gottes nahebringen zu müssen, das ihr selbst „nicht heilig" ist.
Nein - es ist kein Gegensatz, Gott nicht zu leugnen aber die Kirche abzulehnen - im Gegenteil, es kann sinnvoller sein, der Kirche nicht zuzuhören, um Gott auf diese Weise besser verstehen zu können.

Quo vadis ecclesia?

*Der Mann Gottes wurd oft
schon zu Unrecht verehrt,
weil von seiner Schandtat
meist zu spät man erfährt!
Er ruft Kinder zur Beichte
und was er dort hört -
„sei zwar eine Sünde -
doch er sei nicht empört".
Das ist sein Verständnis,
das ein Kind von ihm hört!*

*So kennt er nun Schwächen,
um das Kind zu verführ' n -
erzählt ihm vom Verrat
wenn es das Schweigen verliert.
Beim Zuhören schon
hat er sich selber gespürt.
Perfide Lust nun,
die in ihm sich rührt.
Zurück bleibt ein Kind -
oft für immer verstört!*

*Auch Gottes „Vertreter"
weiß um dieses Verbrechen!
Doch seinesgleichen verraten -
die Kirch' würd' ihn ächten.
Singen schließlich gemeinsam
im „Chor der Gerechten"!
So wird Schweigen und Nichtstun
zum nächsten Verbrechen.*

*Einem Kind fehlt die Lobby
als Schwaches der Schwächsten.
So schweigt es aus Scham,
um sich selber zu schützen.
Man glaubt einem Priester –
ein Kind wird man richten!*

*Die Täter zu strafen
wie sie es verdienen,
dann fehlen bald Menschen
der Kirche, die dienen.*

Zum schlechten der Spiele
immerzu gute Miene -
dann fehlen bald Menschen,
die ihre Kirche noch lieben!

Die „Strafe" des Priesters
ist seine Versetzung.
Vielleicht eine Verschiebung
in ein anderes Bistum.
Dass es Kinder dort gibt,
ist dem Bischof kein Novum.
Und der Priester erblickt
auch hier einen Beichtstuhl!

Doch vor jeglichem Urteil
hat der Täter das Recht,
sich letztmals zu äußern –
ob gut oder schlecht:
„Was immer ich tat –
ich weiß, es war schlecht!
Was immer ich tat –
dazu fehlt' mir das Recht!

Meine Kirche sie lehrt mich
Gefühle verdrängen.
Und es war dieser Zwiespalt
trieb meine Lust in die Enge!
Ein Leben lang musste ich
meine Lust stets verdrängen.
So konnt' ich nur „fühlen"
in dem die Sünd' ich verdränge!"

Ein Verbrechen geschieht –
doch wer ist der Täter?
Es war nicht Gottes Wille –
weder Tat noch der Täter.
Denn gerade die Opfer
– die Kinder, die liebt er!
Die Zwänge der Kirche
vermutlich verschmäht er!

Die Kirche sie mag nicht
das Dienen von Frauen.
Wem steht schon das Recht zu,
ihr den Dienst zu verbauen?
Und mit welcher Begründung

haben Frauen kein Vertrauen?
Die Mutter Jesu
- so lehrt uns der Glaube -
war sowohl eine Mutter,
als auch eine Frau!

Drum Hüter der Kirche
wäge ab die Gedanken,
wenn zwischen Zweifel und Starrsinn
sie wieder mal wanken!
Renke ein und gib nach –
vergiss nicht die Gedanken,
wie viel Gutes der Glaube
er Frauen muss danken!

Lern verstehen die Frauen –
ich unterstell dir keine Ahnung.
Denn du hast keine Frau –
es ist keine Mahnung!
Aber ohne die Ahnung
fehlt dir die Erfahrung.
Versuch nicht zu verstehen –
denn Verstehen ist Erfahrung!

Das Gefühl einer Mutter
ist das Gefühl einer Frau.
Was gut für ein Kind ist,
weiß sie zu genau!
Will sie kein neues Leben
kannst du ihr vertrau'n!
Weiß was gut für ein Kind ist –
für eine Mutter und Frau!

Zu viele der Päpste
haben zu oft schon „gefehlt".
Haben aus Macht und aus Habgier
falsche Wege gewählt.
Haben Kriege geführt –
wollten Menschen „bekehren" -
statt ihnen den Glaub,
nicht die Kirch zu erklären!

Erhöre die Menschen,
wenn sie dich dann bitten:
Komm herunter vom Stuhl -
Papst –

komm zu uns in die Mitte!
Lege ab deinen Prunk –
Papst -
verschenk ihn an Dritte.
So tun's gläub'ge Christen,
denn so ist es die Sitte!

Lass Priester nur sein
schlicht Männer und Väter,
statt heuchelnde Diener –
nicht selten auch Täter!
Lass Frauen nicht glauben,
sie seien Verräter,
wenn sie Leben verneinen,
dann seien sie auch Täter!

Gib ihnen die Chance
dir auch zu beweisen:
Ihren Wunsch dir zu dienen –
auf frauliche Weise!
Geh du neue Wege, Papst -
als Erster der Weisen!
Verabschiede du –
falsche Werte von Greisen!

Die Bibel lehrt uns, dass der Sohn Gottes Mensch wurde, um einer wie wir – einer von uns - zu sein, denn in diesem Bemühen lernt er die Menschen besser kennen und sie verstehen. Die Glaubensgeschichte lehrt uns allerdings nicht, dass jemand Papst werden soll, um Gott ähnlich zu sein!

Weißer Rauch

Gott wurde Mensch,
um einer von uns zu sein.
Kein Papst wird Papst,
um einer wie Gott zu sein!
Willst du als Papst
sein Diener auf Erden sein:
Dien wie ein Diener -
und versuch nicht ein Gott zu sein!

Versuch lieber ein Mensch,
statt ein Gott zu sein.
Dann wirst Du dem Gott
als Mensch auch viel näher sein.

Denn selbst Gottes Sohn
wollte ein Mensch nur sein!

Geh auf Sorgen und Nöte
von Menschen doch ein.
Um sie zu erkennen -
musst du ein Mensch nur sein -
dafür brauchst nicht mal
ein Papst zu sein!

Der Kirche sollst
du ein Lenker sein.
Es dient ihr nicht,
nur ein Beter zu sein.
Es dient ihr nicht,
nur ein Denker zu sein!

Versuch nicht dem Menschen
ein Vorbild zu sein.
Denn nicht jeder Mensch
kann ein Papst auch sein.
Denn nicht jeder Mensch
kann ein Beter nur sein!

Versuch nicht nur der Hüter
des Glaubens zu sein.
Du sollst der Beschützer
von Werten sein!
Versuche der Hirte
aller Menschen zu sein,
und nicht nur der Hirte
von Christen zu sein!

Der Hirt aller Menschen
- dazu zählt auch die Frau -
es ist ihr Wunsch dir zu dienen –
schenk ihr dein Vertrau'n!

Öffne die Augen,
um blind nicht zu sein.
Öffne dein Ohr,
um taub nicht zu sein.
Öffne dein Herz -
lass kalt es nicht sein!

Versuche als Papst -
ein Mensch auch zu sein,
als Papst unter Menschen -
ein Mensch nur zu sein!

Amen

Der Glaube hat eine Vielzahl von Namen –
die Hoffnung nennt ihn treffend „Amen"!

Amen heißt Hoffnung

Sie sei stärker als der Tod –
sagt die Liebe!

Der Tod sei nicht das Ende –
sagt der Glaube!

„Amen" – so sei es -
sagt die Hoffnung!

Tod

Ein „geflügeltes Wort" sagt: „Der Tod gehört zum Leben!" Diese These ist falsch! Der Tod folgt nach dem Leben und kann deshalb kein Teil des Lebens sein! Nein - nicht der Tod, sondern das Sterben ist ein Teil des Lebens! Und weil es der „letzte irdische Akt" ist, fürchten die Menschen ihn so. Und ich beneide geradezu Menschen, die aus religiöser Überzeugung an ein Leben nach dem Tod glauben – wie viel einfacher ist ihr Tod – wie viel einfacher ihr Leben! Über das Leben nachzudenken ohne den Tod mit einzubeziehen, wäre eine konsequenzlose Gedankenfolge. Er gehört zwar nicht zum Leben wie das Sterben, aber er beschäftigt das Leben – zumindest im zunehmenden Alter - mehr als jeder andere Gedanke.

Stürbe ich heut...

*Stürbe ich **heut***

statt **in** zwanzig Jahren,
wäre ich neunzig –
so etwa an Jahren!
Würden quasi
zwanzig Jahre mir fehlen.
Zwanzig Jahre sind
für manchen ein Leben!

Stürbe ich **heut**
statt **vor** zwanzig Jahren,
wäre ich fünfzig –
so etwa an Jahren!
Hätte damals noch
zwanzig Jahre zu leben.
Zwanzig Jahre sind
für manchen ein Leben!

Ich lebe noch **heut**
wie **vor** zwanzig Jahren!
Was hat mein Leben
in zwanzig Jahren erfahren?
Viel Kummer und Leid -
aber auch Glück und auch Freud!

Leb' ich vielleicht auch noch
in zwanzig Jahren?
Was wird in zwanzig Jahren
mein Leben erfahren?
Viel Kummer und Leid -
aber auch Glück und auch Freud!

Das Ende der Welt –
und ich werd nie erfahren
was immer geschieht
in hunderten Jahren!
Die Welt sie lebt weiter -
und das ohne mich -
weiß nichts mehr von mir
und vermisst mich auch nicht!

Wann immer du gehst –
es ist immer zu früh!
Jahre sie sind zwar
für ein Leben sehr viel.
Doch Jahr für Jahr
wiederholt sich das Spiel:

Ein Jahr kommt hinzu –
und keins scheint zu viel!

Gehst du mit zwanzig –
oder wär neunzig doch schöner?
Die Jahre des Lebens
sind unschön und schöner!
Die Dauer des Lebens
ist lang oder weniger –
ist unschön oder schöner –
oder mehr oder weniger!

Die Frage nach einem möglichen „Sein" nach dem Leben ist wahrscheinlich so alt, wie das Leben selber. Begründet ist sie in dem menschlichen Wunsch von Unsterblichkeit, verbunden mit der rationalen Unfassbarkeit, dass ihm als Mensch nur kurze Zeit vergönnt ist, sein Leben zu leben, bevor es für alle Zeiten aufgehört hat zu leben.

Vor dem Hintergrund der unabänderlichen Endgültigkeit dieses letzten Aktes, fällt der Glaube - mehr als Wunschdenken denn als Glaube - auf fruchtbarem Boden, denn der Mensch glaubt bekannterweise gerne was er glauben möchte.

Ich denke der **Glaube** an Gott kann sehr hilfreich im Leben hin bis zum Sterben sein, seine **Existenz** hingegen allenfalls nach dem Leben. Menschen mit einem unbeirrbaren Glauben an ein Leben nach dem Tod – aus welchem Grund auch immer – sind beneidenswerte Menschen, selbst wenn ihnen möglicherweise der Makel einer gewissen Naivität anhängt, einer Naivität allerdings, um die ich sie ehrlichen Herzens beneide.

Und wenn auch selten bete ich ganz leise:

Das Gebet vom Osterhasen

Lieber Gott -
ich weiß dass es dich gibt, denn zu wem sonst sollte ich beten, wen um Hilfe bitten, wenn ich wieder mal in Not bin, wenn ich wieder mal Angst habe oder wenn ich einmal schwer krank bin -
wenn nicht zu dir?
Und wem sollte ich mal wieder vergessen zu danken, wenn du mir mal wieder geholfen hast -
wenn nicht dir?
Heute habe ich nun eine ganz andere Bitte, Herr.
*Und wer könnte sie erfüllen - **wenn nicht du?***

Schenke mir noch einmal "die Zeit des Osterhasen" zurück. Die

*Zeit, in der ich zwar meine Zweifel hegte, wie wohl ein Hase Eier legen, dieselben anmalen und auch noch transportieren kann? Aber die Freude beim Suchen und Finden der Eier ließen meine Zweifel schnell schwinden. Und außerdem musste es schließlich den Osterhasen ja geben - wer sonst wohl hätte die Eier angemalt und versteckt – **wenn nicht er?***

Herr, erfülle mir meinen Wunsch nach der Rückkehr in die „Zeit des Osterhasen" - jene erwartungsvolle Zeit der infantilen Naivität vom „eilerlegenden Hasen" – jene Erfüllung eines unrealen Wunschdenkens.
*Schenke sie mir nicht nur zur Osterzeit sondern zu allen Zeiten meines Lebens! Wer anders könnte das - **wenn nicht du?***

Ich möchte noch an den Osterhasen glauben, wenn es einmal mit mir zu Ende geht - denn das Wunschdenken dieses Glaubens würde meine Logik bezüglich eines Lebens nach meinem Tod in Erwartung dieses wundervollen Gedankens überlisten – so wie bei den Ostereiern. Wer würde ansonsten meine Zweifel nicht verstehen
*- **wenn nicht du?***

Ich bin mir bewusst, dass ich von dem, was nach meinem Tod geschieht, nichts mehr erfahren werde, obwohl ich bei meiner Beerdigung immerhin die Hauptrolle spiele. Dennoch fasziniert mich die Vorstellung, was am Tag „meiner Entsorgung" wohl geschieht. Nun – das Procedere ist mir nicht fremd, aber wer wird daran teilnehmen? Und aus welchem Grund? Aus Trauer? Aus Neugier? Oder vielleicht doch einige, um sich von mir zu verabschieden? Wie gesagt: Ich werde es nicht erfahren und deshalb sollte es mich auch nicht interessieren – tut es aber!

An meinem Grab...

Verlasse ich einst
die Bühne des Lebens
- befinde mich quasi
„im Zustand des Schwebens" -
Schweben als Zustand
nach dem Tod meines Lebens -
dann wartet mein Grab
gewiss nicht vergebens!

Und tritt irgendwer,
irgendwann an mein Grab -

dann soll auch er wissen,
dass das Grab ich nicht mag!
Er soll mit mir reden,
selbst wenn ich nichts sag.
Kann ihn zwar nicht hören,
aber weiß, was er sagt!

Ob wer mich besucht
am Grab meiner „Ruh" -
ich werd es nicht wissen –
doch hör ich ihm zu!
Und muss er dann lächeln –
dann nur immerzu!
Lach du für uns beide –
es stört nicht die Ruh!

Ich bereu' nicht den Tod,
nur den Zeitpunkt des Todes.
Ich kannte ihn auch nicht -
wusste nicht, wann man tot ist!
Doch er soll nicht weinen
im Anblick des Todes -
trauern vielleicht – nicht weinen -
es lohnt nicht!

Seh' nicht seine Trauer –
auch nicht seine Tränen!
Doch sollte er wissen -
er muss sich nicht schämen!
Nur eines das würd uns
mit Sicherheit trennen:
Ich würde ihm ankreiden -
sowohl Trauer wie Tränen!

Mein Dank und die Antwort
wird sein meine Stille!
Und wenn er nicht weint,
ist dies auch mein Wille!
Doch was zählt noch mein Wille –
was sind noch Gefühle -
mein Leben war gestern –
und heut' ist die Stille!

Was ich ihn nicht frage –
er soll finden die Antwort.
Soll sprechen wie früher

mit unseren Worten.
Soll denken an früher
und das ohne Worte.
Kann dennoch ihn hören –
mir fehlen nur Worte!

An meinem Grab soll verweilen –
ich wünsch, nur ein Freund
der ein Grab niemals meidet,
der nicht fürchtet den Tod.
Obwohl er weiß, was ich wusste,
wenn ich hab' gemeint:
Auf Zeit trennt das Leben –
auf ewig der Tod!

Verlässt er das Grab -
soll er spüren die Stille.
Eine zärtliche Stille,
die ausgeht vom Grab.
Soll nur nicht vergessen
- und das wär mein Wille –
ich hab gelebt dieses Leben
so lang bis es starb!

Bevor ich einst ging
hab' mir vorgestellt:
Wie geht sie nun weiter
ohne mich diese Welt?
Sie ändert sich gar nicht -
ohne mich diese Welt!
Ein Tropfen des Meeres
ist das, was nun fehlt!

Mein Leben ist tot jetzt –
vor dem Tod war mein Leben.
Ich kenne jetzt beide,
aber kann beide nicht leben!
Vielleicht will die Seele
nach oben grad schweben?
Es gibt zwar die Seel –
aber kann sie auch schweben?

Doch was ist ein Streben
ohne sichtbares Ziel?
Dann bleibt nur die Hoffnung –
also nur ein Gefühl?

Aber Hoffnung gefühlt –
führt diese zum Ziel?
Der Hoffnung vertrauen
ist das, was ich fühl!

Allen Menschen am Grab
wünsche ich für Sekunden -
wie und was ich gelebt
und was ich empfunden.
Freunde *sie brauchen*
dafür keine Stunden.
Was sie fühlen am Grab
fühlen sie in Sekunden!

Es grenzt an ein Wunder,
was vom Grabe ausgeht.
Die Stille der Zärtlichkeit –
oder ist sie schon verweht?
Die Zärtlichkeit der Stille
ist was vom Grabe ausgeht!
Es ist das Leben des Toten,
das der Lebende spürt!

Es überfällt mich der Frust
noch während ich schreibe!
Warum noch ein Grab –
wozu diese Bleibe?
Seh nicht mehr die Trauer –
die Trauer von Freunden!
Spüre nicht ihre Freuden –
nicht den Hass meiner Feinde!

Was nach mir geschieht,
erfahren nur „Andere"!
Was vorher geschah,
wissen nur noch die „Anderen"!
Dass ich nicht mehr leb,
erfahr ich nicht mal von „Anderen".
Dass ich mal gelebt,
weiß nicht ich, nur die „Anderen"!

Ein Leben nach dem Tod –
ich würd es gern glauben!
Ich glaub zwar an Gott,
doch für mehr fehlt mein Glaube.
Ich vertrau zwar der Hoffnung

mehr als dem Glauben -
aber ein Leben danach?
Gott schenk mir den Glauben!

Die Zeit „danach"

Wer dem Glauben nicht glaubt,
ist nach dem Sterben ganz tot -
weiß nichts mehr vom Leben
vor seinem Tod.

Weiß nichts mehr vom Totsein
nach seinem Leben -
weiß nichts mehr vom Hoffen -
auf ewiges Leben!

Und wenn es erlaubt ist,
dem sei es ein Trost:
Er vermisst nicht sein Leben -
weiß nicht - er ist tot!

Der letzte Gast

Fast immer kommt er viel zu früh -
doch manchmal ist auch früh – zu spät,
wenn Todesschmerz, das Leben quält,
wenn nur noch Schmerz, das Leben spürt!

Wann ist zu spät, und wann zu früh?
Ist früh zu spät und spät zu früh?
Wer will schon sagen, wann ist's richtig?
Kommt er gelegen – kommt er richtig!

Wann er auch kommt, ob früh ob spät –
er kommt nur einmal – nur das zählt!
Komm nicht zu früh, Tod – nicht zu spät -
komm nur gelegen – nur das zählt!

Früh ist der Tod einst aufgewacht.
Es war wohl mitten in der Nacht,
als Kindsgeschrei ihn wach gemacht.
Nun bleibt er beim Kind –
bei Tag und bei Nacht!

Ein Mensch ward geboren
und der Tod ward sein Zeuge.
Ein jeder Mensch muss
seiner Macht sich einst beugen.
Würd ihn als Zeuge
viel lieber verneinen -
doch niemand auf Erden
kann sein Dasein verleugnen!

Das Leben auf Erden
ist dem Tod nicht viel wert!
Er nimmt meist das Alte,
doch das Junge vermehrt!
Ob jung oder alt –
wer fühlt sich beschwert?
Sein Interesse an uns
hat nur im „Totsein" noch wert.

Er hat nie das Ende
des Lebens geleugnet -
und seinen Besuch
so manches Mal angedeutet!
Ich öffne die Tür jetzt –
es hat geläutet:
Tritt ein mein Gast –
es ist schon bereitet!

Mitten im Schlaf
ist der Tod heut erwacht.
Die Angst eines Menschen
hat wach ihn gemacht!
Umsonst ist die Angst nun –
so spricht er gemach –
ich bleibe jetzt bei dir –
bei Tag und bei Nacht!

Zu jenen, die trauern -
spricht er noch ein Wort:
Ein Mensch ging voraus -
er fand seinen Hort.
Einen jeden von euch
führ ich einst zu dem Ort -
und was im Leben euch trennte
verbindet euch dort!

Todesangst

Schlimmer als der Tod nach dem Sterben
ist oft das Leben vor dem Sterben.
Denn nach dem Tod gibt's keine Angst
mehr vor dem Sterben,
aber vor dem Tod ist die Angst vor dem Sterben
größer als der Tod nach dem Leben!

Menschen behaupten die Geburt sei das faszinierendste Erlebnis auf dieser Welt – weniger für den Neugeborenen, denn er ist zwar die Hauptperson, weiß aber später nur sehr wenig darüber zu berichten, sondern mehr für die Menschen, die sie „miterleben" dürfen. Und obwohl ich mit solchen Ausdrücken sehr vorsichtig bin, möchte ich in diesem Zusammenhang sogar von einem Wunder sprechen, und selbst wenn es widersprüchlich klingt, von einem natürlichen Wunder, das sich x-mal jeden Tag auf dieser Welt wiederholt, aber dennoch ein Wunder bleibt.

Weniger faszinierend - aber nicht weniger eindrucksvoll - ist aber auch der Tod eines Menschen und doch hat auch der Tod mit der Geburt einiges gemein: Denn auch hier ist der Sterbende die Hauptperson – aber auch hier wird er nach dem Tod wenig darüber berichten können und auch in diesem Fall geschieht dieses Ereignis x-mal jeden Tag auf dieser Welt. Geburt und Tod – sie sind der Kreislauf des Lebens und sie sind Eckpfeiler des Lebens. Geburt, Tod und das Leben verbindet das Bewusstsein des Menschen um ihre Einmaligkeit, denn ein Jedes geschieht nur einmal im Leben eines Menschen – mit Ausnahme des Glaubens an eine Reinkarnation als einer wunderbaren Alternativen zum christlichen Glauben – wüsste man nur, als was man wiedergeboren würde! Auf seine Geburt hat der Mensch keinen Einfluss, auf seinen Tod nur bedingt - auf sein Leben hat er mehr Einfluss, als die meisten Menschen ihn nutzen – nicht selten zulasten des Lebens.

Abschied

Das Atmen des Todes –
ich hab es gehört.
Hab dennoch im Atem
noch Leben verspürt!
Es ist doch noch Leben
wenn man Atem noch hört?

Ist der Tote schon tot
weil er das Leben nicht spürt?

Weder Hunger noch Durst –
er spürt beides nicht mehr.
Wann beide geendet –
er weiß es nicht mehr!
Die Aug' gen Himmel –
auch das geht kaum mehr.
Die Augen sind offen –
doch sehen nicht mehr!

Ganz anders die Worte
die sein Umfeld bespricht.
Über Leben und Tod -
über das „Jüngste Gericht"!
Jetzt Worte vom Tod -
es hat schweres Gewicht
was ein Sterbender hört -
bevor das Herz ihm zerbricht!

Die Bahre der Krankheit
ist oft die Liege des Todes -
wenn das Atmen schon schwerfällt
bevor es ganz tot ist!
Noch einmal ein Röcheln –
die Losung des Todes.
Erlöst ist die Krankheit –
sie weiß, dass sie tot ist!

Vorbei sind die Schmerzen –
auch der Kampf um das Leben.
Das Ringen nach Luft –
doch das Atmen war eben!
Der Tod ist nun da –
und du stehst daneben.
Du erlebst die Sekunden –
zwischen Totsein und Leben!

So viele sie trauern –
aber anders als du!
Du sahst Schmerzen der Krankheit –
die Erlösung gab Ruh!
Und dann spürst zum Sterben
braucht man keinen Mut.

Wenn das Leben ist müde –
gönn der Krankheit die Ruh!

Nach der Dauer des Lebens
ist der Tod wie ein Schlaf.
Hat sich die Ruhe verdient –
es ist keine Straf!
Schlimm wenn man müd ist
aber schlafen nicht darf.
Wenn die Augen versagen –
denn dann ist es Straf!

Ein Schlafen für immer –
auch wenn ohne Traum.
Allein dieser Wunsch schon
ist mehr als ein Traum.
An die Gnad dieses Einschlafs' –
daran glaube ich kaum.
Doch mein Glaub ist die Hoffnung –
und sie hat mein Vertrauen!

Hoffnung

Zwei „Lebensphilosophien", die ich allerdings erst Jahre später als solche erkannt habe, haben mein Leben maßgeblich geprägt: Einmal war es in meiner ersten Lebenshälfte mein ausgeprägter Wille „zu leben". Denn schon früh habe ich „spürbares – weil gelebtes Leben" als den eigentlichen Sinn des Lebens erkannt, ohne jedoch über das Leben und seinen Sinn nachgedacht zu haben, denn das „Leben" ließ mir dazu nicht immer die Zeit. Aber es wäre nur ehrlich zu sagen: Mir fehlte es an der notwendigen Reife!

Die „zweite Hälfte" meines Lebens war nicht so einseitig fokussiert. Sie ließ mir neben dem Leben immer wieder Zeit, über das Leben nachzudenken, und ich lernte, das Sinnieren über den Sinn des Lebens genau so zu schätzen, wie das Leben selbst. Diese Facette zeigt mir die Schönheit des Lebens auf, jedoch nicht nur seine schönen Seiten, nein - auch die Unschönen, denn gerade diese lassen die schönen Seiten noch schöner erscheinen!

Es ist wie im „richtigen Leben":

Mehr als jeder Sehende schätzt der Blinde das Augenlicht.

In diesem Zusammenhang habe ich die Liebe lieben - den Glauben nicht immer als glaubenswert, die Hoffnung aber über alles schätzen gelernt.

Hoffnung

Ich habe versucht
ohne Gott mal zu leben.
Hab bald schon erkannt –
so geht nicht mein Leben!
Ihn suchen und finden,
wurd wieder mein Streben!
Die Such' wurd belohnt -
erfolgreich mein Streben!

Werd ihn zwar nicht seh'n –
wahrscheinlich mitnichten.
Aber wenn ich ihn seh' -
ich werd's gern berichten.
Heißt er auch Gott –
ist der Name denn wichtig?

Wohnt er im Himmel –
ist die Anschrift noch richtig?

Es muss wohl so sein,
denn mein Auge es schaut -
hinauf zu den Wolken,
sie sind ihm vertraut.
Denn sucht man den Trost
und die Seele sie trauert,
ist der Blick gen Himmel,
was den Wolken vertraut.

Ist es Gott, der mir zuhört –
oder ist er verstört -
wenn ich ihn anruf,
denn ich bin so verwirrt.
Wenn ich bitte um Hilfe,
hoff' ich nicht, dass ich stör?
Wenn du mir nicht hilfst –
sag Gott mir dann, wer?

Wenn ich Angst vor der Angst hab –
Angst vor der Krankheit.
Angst vor dem Ende –
vor dem End meiner Zeit.
Ich hoffe du hörst mich
und du nimmst dir die Zeit.
Nur einer wie Du, Gott –
kann lindern mein Leid!

Wenn ich bitte um Hilfe
für die, die ich liebe.
Wär ich ein Gott -
ich würde helfen aus Liebe!
Ich bitte dich dennoch
- kann dich zwar nicht lieben -
nur den, wen ich kenn –
nur den, kann ich lieben!

Wenn du mich nicht liebst
- kannst du nun beklagen -
warum soll ich Hilfe,
soll Trost dir zusagen?
Ja - du hast Recht, Gott –
oder wie ist dein Name?

Das Recht ist beim Menschen –
doch bei Gott ist die Gnade!

Man nennt dich zwar Gott,
aber du bist der Glaube!
Gott ist mir wichtig,
aber näher der Glaube.
Ich vertraue der Hoffnung
zwar mehr als dem Glauben -
schau dabei zwar auf Gott –
auf die Hoffnung ich baue!

Mein Glaube ist stärker
als mein Wissen um Gott!
Gott lässt mich glauben,
er bezwinge den Tod.
Aber selbst du Gott
kannst den Tod nicht verhindern,
doch der Glaube an dich
kann die Trauer oft mindern!

Dass es dich gibt, Gott –
ich zweifele da nicht!
Aber wenn es dich gibt,
dann gib dir ein Gesicht!
Klerus und Papsttum
stehen dir nicht zu Gesicht!
Und beide, sie haben
für mich kein Gewicht!

Es gibt Gott und den Glauben –
ich zweifele da nicht.
Doch wie soll ich sie kennen –
kenn nicht ihr Gesicht.
Das Wissen um Hoffnung
und wie wertvoll sie ist
weiß nur Gott und der Glaube –
der Hoffnung Gesicht!

Dass ich Gott brauch
ist sehr wohl, was ich weiß.
Ob Glaub oder Hoffnung –
wie immer Gott heißt.
Ob Gott oder Glaube –
ist was die Hoffnung nur weiß!

Erklär mir den Glauben, Gott –
will auch versteh'n, was ich weiß!

Gott, Glaube und Leben –
wer will es schon wagen,
über jedes und alles
die Wahrheit zu sagen?
Die Dauer, das Sein
kann man nicht mal erahnen!
Nur die Hoffnung gibt Hoffnung –
und mit ihr kann man planen!

Die Hoffnung auf Glauben
ist ein hilfreich' Gedanke.
Sie ist meine Stütze,
wann immer ich wanke!
Ihr Ausmaß an Hilfe –
sie kennt keine Schranke!
Der Glaube verspricht,
was der Hoffnung ich danke.

Stets war ich von der Richtigkeit meiner Gedanken, Worte und Thesen überzeugt, obwohl sie häufig mit Meinungen anderer Menschen nicht konform gingen. Aber ich bin und war auch stets bereit, meine eigene Meinung zu korrigieren, falls man mich von ihrer Unrichtigkeit überzeugt hatte – das aber – so die Meinung anderer Menschen – gestaltete sich für sie nicht immer einfach.

Selten aber hat sich meine Überzeugung in so kurzer Zeit bewahrheitet, wie beim Schreiben dieses Buches.

In meinem Buch beschäftige ich mich mit dem Leben und mit dem, was das Leben ausmacht. Und dann begegne ich dem Leben bzw, dem was von ihm geblieben ist, noch bevor ich mein Schreiben abgeschlossen habe.

Es ist die Begegnung mit einer jungen Frau – dem personifizierten Leben – lebensbejahend und lebensoffen, und sie wird – und das ist wörtlich zu nehmen – mitten ins Mark ihrer Knochen getroffen - Knochenmarkkrebs mit Übergriffen auf andere Organe.

Und wäre es nicht makaber, würde ich glauben, unsere Begegnung war kein Zufall, sondern diente dem Zweck, mir die Richtigkeit meiner Auffassung über das Leben zu bestätigen:

„...*das Leben zu leben, bevor du zu alt (krank) bist, zu leben*"

„...*dann wirst morgen du wissen - gestern hab' ich gelebt.*
   Niemand nimmt heut' dir - was du gestern erlebt!"

Es ist Anfang September des Jahres 2013 - und es ist einer jener schönen Spätsommertage und ich genieße die letzten wärmenden Sonnenstrahlen des Tages.

Vom Friedhof aus – er liegt auf der gegenüberliegenden Seite „unserer" Straße – nähern sich zwei junge Frauen. Die eine der beiden Frauen, die einen Rollstuhl schiebt, erkenne ich sofort. Bei der Frau im Rollstuhl habe ich schon etwas Mühe. Aber jetzt schaut sie mich an und jetzt habe ich Mühe meine Fassung zu wahren. Warum musste es zu dieser Begegnung kommen? Eigentlich eine feige Frage meinerseits, für die ich mich schäme. Ist es etwa zuviel von mir verlangt, ein wenig Mitgefühl für jemanden aufzubringen, der im Rollstuhl sitzt?

Nein – es ist die Ohnmacht, mit der man diesem Menschen und dieser Krankheit gegenübersteht. Wir kennen uns recht gut und doch habe ich sie beinahe nicht erkannt! Die Umstände – dieser Rollstuhl und eine Mütze, die ihr ansonsten fast immer tadellos frisiertes Haar bedeckt und die jetzt nur noch Haaransätze zum Vorschein bringt. Dazu die sitzende, in sich zusammengefallene Haltung, die sie kleiner erscheinen lässt - und ihr Leid lässt das Sitzen mehr als ein Erdulden erscheinen.

Die Hoffnung „fährt" Rollstuhl

"Hallo - wie geht's?" -
mehr eine Floskel, denn Frage!
"Wie soll's mir denn gehen -
wenn im Rollstuhl ich fahre?" -
mehr eine Klage, denn Frage!

Verwirrung bringt oft
viel Unsinn zu Tage.
Und ich bin beschämt,
ob meiner hilflosen Frage.

"Musst du nicht!"
höre ich leise sie sagen -
"lieber schon so –
als gar keine Frage!"

Noch während sie spricht -
wird nass ihr Gesicht -
dabei sie will es nicht.
Dann erzählt sie mir
ihre Leidensgeschicht':

„Zwischen Leben und Leiden

lagen nur wenige Wochen.
Doch Wochen voll Leiden -
und jetzt bleibt nur noch Hoffen.

Zwischen Wissen und Hoffen
blieben nur wenige Tage -
und jetzt wird selbst mein Hoffen
allmählich zur Klage.

Das Warten auf Antwort:
Gehen zu Ende die Tage?
Oder doch dann die Antwort:
Es geht weiter das Leben,
wenn auch nur mit Plage!

Und wenn's dann sein soll -
dann muss ich mich fügen!"...
Ich hör' Worte, die lügen –
sie will sich betrügen!
Doch ihre Worte sind wahr -
und doch Worte, die lügen.

"Halt steif deine Ohren!" -
von mir noch ein „Spruch!"
Meine Worte sind Unfug –
weder tröstend noch klug!

Das Können von Ärzten -
es ist oft nicht genug.
Und dann ist es der Fluch:
es bleibt nur der Versuch!

Ihr nur keine Hand geben -
alles wie immer eben.
Es soll nur ein "tschüss" sein -
kein Abschied fürs Leben!

Sie kam von den Gräbern -
hat die Toten besucht.
Oder vielleicht schon auf Fragen
eine Antwort gesucht?

Eine Antwort auf Fragen –
man kann sie fast ahnen.
Oder vielleicht sich schon
eine Stätte bestellt?

Die Letzte für sie auf dieser Welt?

Das sind meine Gedanken
- denk nicht weiter voraus.
Ich schaue ihr nach –
sie will jetzt nach Haus.

Ich seh ihren Rollstuhl
und stell mir die Frage:
Kann man dieses lange
so noch ertragen?
Seh' ich sie noch lange
und wie dann noch fahren?

Eine Krankheit – sie macht
uns wohl alle verwundbar!
Und manchmal sogar -
ein Leben nicht lebbar.

Dann bleibt auch uns
bis zum Ende der Zeit -
nur die Hoffnung auf Leben –
das Hoffen auf Zeit.

Ein Sprichwort sagt:

„Zeit ist Geld!"
Aber ich behaupte:
„Nein - Zeit ist Leben!"

Die Aussage, dass die Zeit zwischen unserer Geburt und unserem Tod, unser Leben ist, ist so banal, dass kaum jemand diese These verinnerlicht.

Die Aussage aber, dass jedes Lebensjahr ein Jahr hin zu unserem Tod ist und dass sich ein Lebensjahr allenfalls einhundert Mal wiederholt bevor es in die Anonymität der Nichtexistenz vor unserer Geburt abtaucht - lässt unser Hirn nachdenken. Es scheint demnach die Wortwahl und die Art der Darstellung einer Tatsache zu sein, die das Hirn aufhorchen lässt.

Ich möchte mit meinen Gedichten aufhorchen lassen und Menschen sensibilisieren, ihr Leben bewusst zu leben. Bewusst leben heißt das Leben spüren. Auf welche Weise aber der Mensch sein Leben spürt, gehört zu seinen individuellen Empfindungen und Gestaltungsvorstellungen - nur eines ist sicher: An Tagen an denen er das Leben liebt – aus welchem Grund auch immer – spürt er das Leben. Und was er heute spürt – nimmt ihm morgen niemand mehr! Irgendwann ist unwiderruflich das Leben vorbei und ich möchte bewusst ergänzen: Zumindest in dieser Form und in dieser Welt - aber mein Wunsch wäre, dass niemand bereuen muss, es versäumt zu haben.

Was dem Alter die Jahre – sind dem Leben die Momente!

Ich wünsche Ihnen noch viele Momente des Lebens und viele Jahre des Alters!

Ihr
FJKofferath